서울대 한국어+

Student's Book

서울대학교 언어교육원 지음

장소원 | 김현진 | 김슬기 | 이정민

2B

서울대학교출판문화원

머리말

《서울대 한국어＋》는 한국어 학습자들의 효율적이고 단계적인 한국어 능력 향상을 목적으로 서울대학교 언어교육원의 오랜 교육 경험을 바탕으로 기획되었습니다. 이 시리즈는 한국어 학습자들의 한국어의 표현 영역과 이해 영역의 고른 향상을 목표로 한국어 학습자들이 말하기, 듣기, 읽기, 쓰기 네 가지 기능을 고루 향상할 수 있도록 구성된 학습자 친화형 교재이자 학습자들의 주도적 학습을 위한 교재로 기획되었습니다.

《서울대 한국어＋ Student's Book 2B》는 200시간의 한국어 정규과정 교육을 받았거나 그에 준하는 한국어 능력을 가진 성인 한국어 학습자들이 약 200시간의 정규과정을 통해 친숙한 주제와 내용으로 기본적인 한국어 의사소통 능력을 기르도록 구성하였습니다. 이 교재의 시작은 어휘 영역으로, 그림을 통해 학습자들의 이해를 돕고자 주제별 어휘를 그림과 함께 제시함으로써 학습자들이 개별 어휘의 의미를 이해하고 익힐 수 있도록 하였습니다.

기존의 교재가 문법과 표현을 전면에 제시한 것과 달리 이 교재에서는 문법을 별도의 책으로 구성하여 학습자들이 먼저 문법과 표현을 익힌 후 주교재의 활동을 통해 내재화할 수 있도록 하였습니다.

말하기 활동을 강화하여 학습자들이 익힌 어휘와 문법을 실제 상황에 유용하게 활용할 수 있도록 하였습니다. 또한 듣기와 읽기 활동은 전-본-후 단계를 거치도록 구성하였는데 실제성이 높고 유용한 담화를 활용하여 듣기와 읽기를 강화하고 학습자의 의사소통 능력을 향상하고자 하였습니다. 모든 말하기, 듣기, 읽기 내용을 교재 내 QR 코드를 활용한 음성 자료로 제시함으로써 학습자들이 쉽게 활용할 수 있도록 하였습니다.

쓰기 영역 역시 단계적으로 구성하여 학습자들이 과정 중심의 쓰기 활동을 통해 표현 능력을 향상할 수 있게 하였습니다. 또한 각 단원의 과제는 실제성을 고려하여 목표에 이르기까지 단계별 과정을 거쳐 완성도를 높였고 각 단원에서 학습한 어휘와 문법을 충분히 활용하여 익힐 수 있도록 하였습니다.

문화 영역은 그림이나 사진을 충분히 활용함으로써 초급 학습자들도 한국의 문화를 쉽게 이해할 수 있도록 하였는데 특히 실생활과 밀접한 내용을 담아 학습자들에게 유용하도록 구성하였을 뿐만 아니라 수동적인 문화 학습을 벗어나 학습자가 참여하여 이야기할 수 있도록 상호문화적인 내용도 담았습니다.

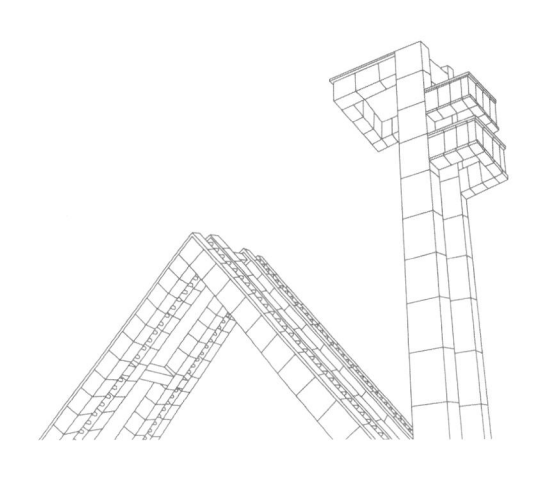

발음은 필수적인 발음만 제시하고 이와 연계하여 복습에서 정리할 수 있도록 제시하였고, 영어권 학습자를 위해 지시문, 새 어휘, 대화문, 문법 설명을 영어로 번역하여 제시하였습니다.

이 책이 나오기까지 정말 많은 분들의 수고가 있었습니다. 서울대학교 국어국문학과 장소원 교수님은《서울대 한국어⁺》1~6급 교재의 개발을 위한 사전 연구부터 시작해서 전체적인 작업을 총괄해 주셨고, 2급 교재의 집필을 총괄한 김현진 선생님을 비롯해서 김슬기, 이정민 선생님은 오랜 기간 원고 집필뿐 아니라 검토와 편집 작업에 깊이 관여하며《서울대 한국어⁺》2급 교재의 전체적인 모습을 완성해 주셨습니다. 또 2급 교재 전권의 내용을 일일이 챙겨 주신 김은애 교수님의 감수와 한재영 교수님, 최은규 교수님의 자문이 없었다면 지금과 같은 책의 완성도를 기대하기 어려웠음을 잘 알고 있습니다. 깊이 감사드립니다. 그리고 영어 번역을 맡아 주신 이소명 번역가와 번역 감수를 맡아 주신 UCLA 손성옥 교수님, 그리고 멋진 삽화 작업으로 빛나는 책을 만들어 주신 ㈜예성크리에이티브 분들께도 감사드립니다. 또 녹음을 담당해 주신 성우 김성연, 이상운 선생님과 2022년 봄학기에 미리 샘플 단원을 사용한 후 소중한 의견을 주신 2급의 김상희, 박영지, 오미남, 윤다인, 이희진, 장용원, 조경윤, 주은경 선생님께도 진심으로 감사의 말씀을 드립니다. 마지막으로 학술 도서와 성격이 다른 한국어 교재의 출판을 결정하고 물심양면으로 지원해 주신 서울대학교출판문화원 이준웅 원장님과, 힘든 과정을 감수하신 관계자분들께 깊이 감사드립니다.

2022년 11월
서울대학교 언어교육원 원장
이호영

前言

　　《首爾大學韓國語+》是根據首爾大學語言教育院長久以來的教育經驗所編寫，旨在有效且階段性提升韓語學習者的韓語能力。本系列的目標在於全面發展韓語學習者的韓語表達領域與理解領域，使其均衡強化會話、聽力、閱讀、寫作四種能力，不僅是對學習者相當友善的教材，也是引導學習者自主學習的教材。

　　《首爾大學韓國語+ Student's Book 2B》針對已接受200小時韓語正規課程教育，或與其相當之韓語實力的成人韓語學習者，設計約200小時的正規課程，利用學習者熟悉的主題和內容，培養其韓語基本溝通能力。本教材每一課開頭皆為單字領域，在圖片中提示不同主題的單字，藉由圖片提高學習者的理解程度，幫助學習者掌握並熟悉個別單字的意義。

　　過去韓語教材多在課前提示文法和表現，本教材則是另外編寫一冊文法說明，讓學習者先熟悉文法和表現後，再透過主教材的課內活動完全吸收。

　　本教材加強會話活動，使學習者能將學過的詞彙和文法有效應用於實際情況中。此外，聽力與閱讀活動分為前、中、後三個階段，希望利用貼近現實且實用的對話，強化學習者的聽力與閱讀，提升其溝通能力。教材內所有會話、聽力、閱讀內容，皆可透過QRCode取得音檔資料，學習者使用上更加方便。

　　寫作領域同樣採取階段式學習，透過專為課程設計的寫作活動，學習者將可提升表達能力。此外，各單元的課堂活動皆考量實用性，使學習者在達到學習目標前，能藉由各階段課程提高學習成效，並且妥善運用各單元所學到的詞彙與文法。

　　文化領域在編排上利用圖片或照片，使初級學習者也能輕易理解韓國文化，其中更有與實際生活緊密相關的內容，對學習者而言相當實用。除此之外，文化領域擺脫被動的文化學習，加入跨文化的內容，引導學習者主動參與並回答。

　　發音部分只列出必備的發音知識，方便學習者日後複習整理。為服務英語圈學習者，本教材也將說明、新單字、對話、文法解說翻譯為英文，與韓語並列。（註：中文版為中、韓對照）。

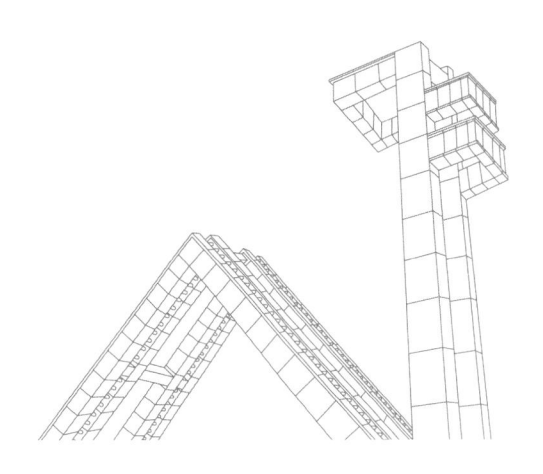

本教材的出版，有賴許多人的大力協助。首爾大學韓國語文學系張素媛教授從《首爾大學韓國語+》1到6級教材開發前的研究開始，全權負責所有編寫作業的完成；2級教材總主筆金賢眞老師及金膝倚、李貞憨老師，不僅花費大量時間撰寫教材初稿，也在校稿和編輯的過程中親力親為，塑造了《首爾大學韓國語+》2級教材的完整面貌。另外，如果沒有金恩愛教授對2級教材全書內容的仔細審訂，以及韓在永教授、崔銀圭教授的建議，相信將無法看見目前如此完整的教材，由衷感謝。還有感謝負責英文翻譯的Lee Susan Somyoung譯者、負責審訂英文譯文的加州大學洛杉磯分校（UCLA）Sohn Sung-Ock教授，以及加上優美的插圖，讓本教材更引人入勝的YESUNG Creative公司職員。也感謝負責錄音的配音員Kim Seongyeon、Lee Sangun老師，以及於2022年春季學期提前採用試用單元，並且給予寶貴意見的2級課程Kim Sanghee、Park Youngji、Oh Minam、Yoon Dyne、Lee Heejin、Jang Yongwon、Cho Kyungyoon和Chu Eunkyung老師。最後誠摯感謝首爾大學出版文化院的June Woong Rhee院長，決定出版這本不同於學術書籍的韓語教材，也感謝編寫、出版過程中付出辛勞的所有人。

2022年11月
首爾大學語言教育院
院長 李豪榮

일러두기 本書使用方法

《서울대 한국어+ Student's Book 2B》는 10~18단원으로 이루어져 있고 각 단원은 두 과로 구성되어 있다. 1과는 '어휘, 말하기 1·2·3, 듣기 1·2', 2과는 '어휘, 읽기 1·2, 쓰기, 과제, 문화, 발음, 자기 평가'로 이루어져 있으며 각 과는 4시간 수업용으로 구성되었다.

《首爾大學韓國語+ Student's Book 2B》由單元10~18組成,各單元又分為兩課。第一課為「詞彙;會話1、2、3;聽力1、2」,第二課為「詞彙;閱讀1、2;寫作;課堂活動;文化;發音;自我評量」,每一課皆為4小時的授課內容。

단원의 주제와 관련된 그림과 질문을 보고 해당 과의 주제에 대해 생각해 볼 수 있도록 구성하였다. 질문을 이해하고 답을 생각하면서 배경지식을 활성화하고 학습 목표와 내용을 인지할 수 있다.

提示與單元主題相關的圖片與問題,有助於思考該課的主題。在理解問題與思考回答的同時,將可活化背景知識,掌握學習目標與內容。

어휘 詞彙

주제별로 선정된 목표 어휘를 그림과 함께 제시하여 의미를 유추할 수 있도록 구성하였다. 초급의 경우 영문 번역을 함께 제시하여 학습자의 이해를 돕고자 하였다.

根據不同主題選擇目標單字，同時以圖片呈現，有助於推測單字意義。針對初級學習者額外提供翻譯，提高學習者的理解程度。

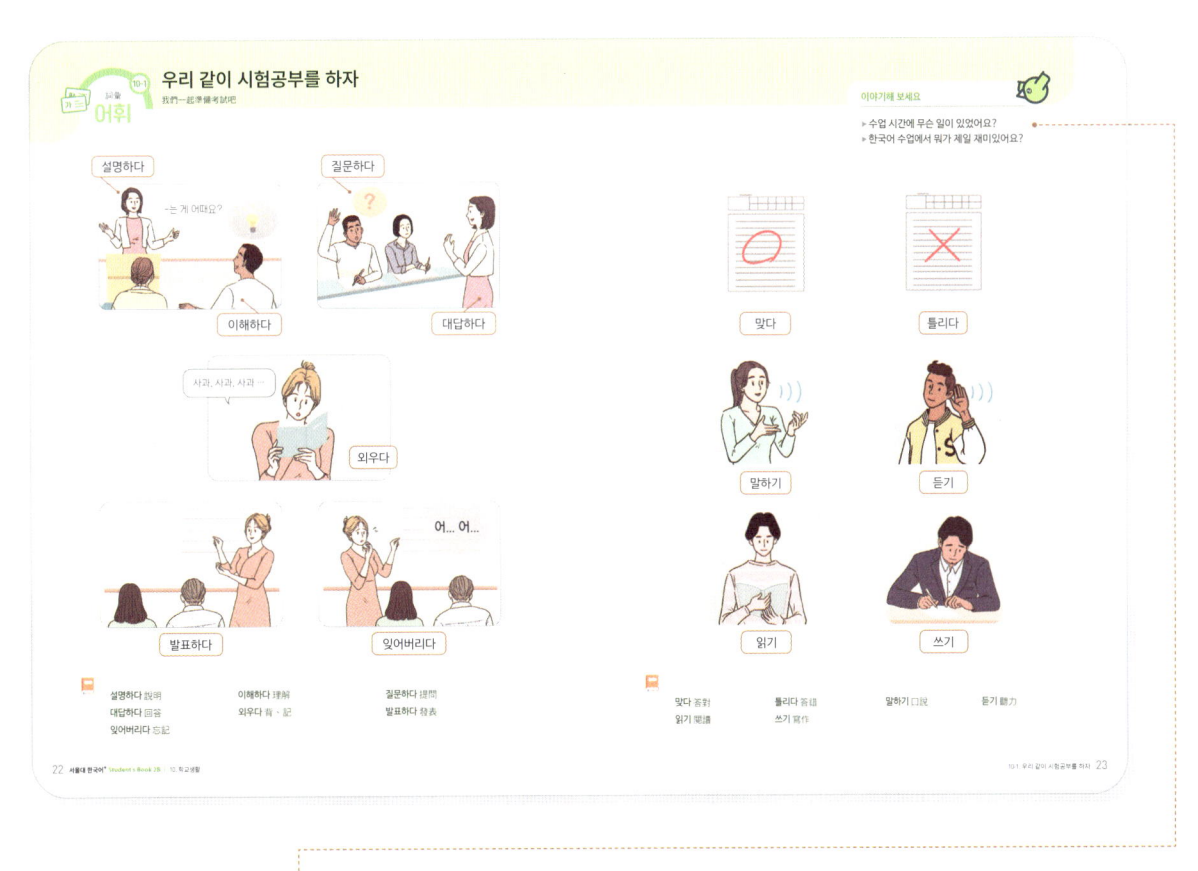

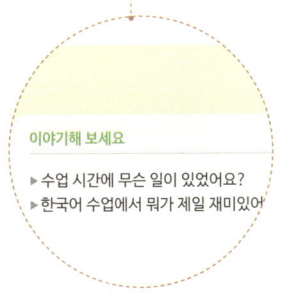

어휘를 사용하여 간단한 질문에 답을 해 보면서 어휘의 형태적, 의미적 지식을 확인하게 한다.

活用單字回答簡單的問題，同時檢視自己是否了解單字的字形、字義。

말하기 會話

해당 과의 목표 문법과 표현 및 주제 어휘를 내재화할 수 있도록 대화문에 포함하여 제시하였다. 말하기는 1, 2, 3단계로 구성된다. 구체적으로는 목표 문법과 표현 및 주제 어휘를 포함한 대화문으로 교체 연습을 하는 '말하기 1·2'와 담화 연습인 '말하기 3'으로 이루어져 있다.

將該課目標文法和表現、主題詞彙融入對話中，使學習者深化知識。會話分為1、2、3個階段，「會話1、2」融入目標文法和表現、主題詞彙，進行替換練習，「會話3」則是對話練習。

말하기 1·2 會話1、2

어휘와 표현을 교체하여 목표 문법과 표현을 정확하게 익히고 '말하기 3'을 준비할 수 있도록 한다.

替換使用詞彙和表現，使學習者正確掌握目標文法與表現，為「會話3」暖身。

말하기 3 會話3

해당 과의 주제에 대한 대화문으로 학습자가 직접 구어 담화를 구성하는 연습으로 이어지도록 하였다.

利用與該課主題有關的對話，引導學習者實際練習口語對話。

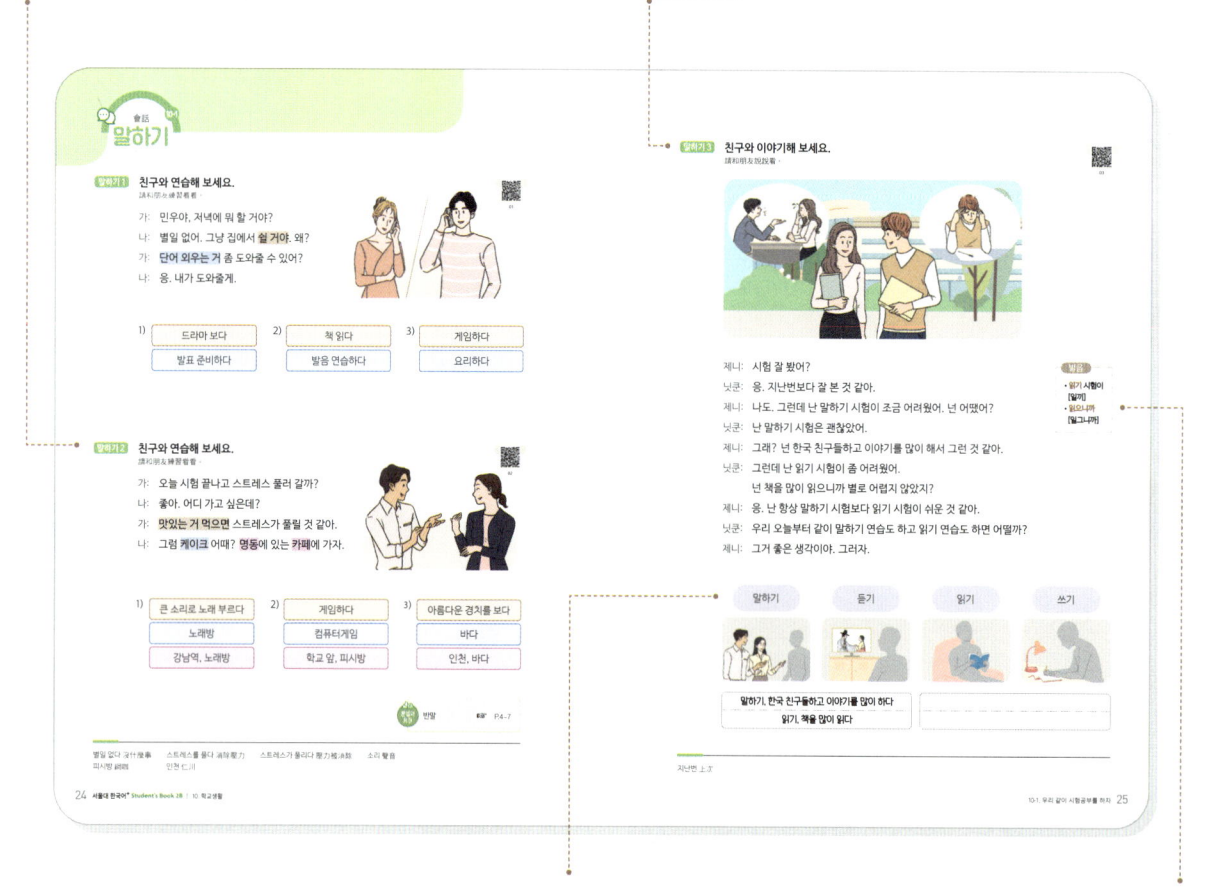

학습자가 유의미한 담화를 구성할 수 있도록 2~3개의 상황 예시를 그림으로 제시하고 제시어를 보기로 주어 학습자가 유창하게 말할 수 있는 연습을 하도록 한다.

為使學習者創造有意義的對話，以圖片提示2~3種情境及相關詞彙，引導學習者練習說出更流暢的會話。

발음 주의해야 할 발음을 간단히 제시하여 발음의 정확성과 유창성을 높이도록 구성하였다.

發音 簡單提示需要注意的發音，藉此提高發音的正確度與流暢度。

듣기 聽力

'준비', '듣기 1·2'와 '말하기' 활동으로 구성된다.

分成「暖身」、「聽力1、2」和「會話」三部分。

준비 暖身

듣기 전 단계로, 들을 내용을 예측할 수 있는 질문이나 사진, 삽화 등을 제시하여 학습자의 배경지식을 활성화한다.

在進入聽力練習之前，先提供可以預測聽力內容的問題或照片、插圖等，激發學習者的背景知識。

듣기 聽力

듣기 단계는 듣기 1과 2로 구성하되 난이도에 따라 제시하였고 실제적이고 다양한 종류의 듣기 자료를 제시하여 학습자의 의사소통 능력 향상에 도움을 주고자 하였다. 듣기 단계에서는 들은 내용을 확인하는 문제를 제시하여 학습자 스스로 이해도를 점검해 볼 수 있도록 하였다.

聽力階段根據難度分為「聽力1」與「聽力2」，提供各種實用且多元的聽力資料，希望有助於提高學習者的溝通能力。聽力階段也提供有關聽力內容的問題，學習者可以自行檢測理解程度。

말하기 會話

듣기 후 단계에서는 듣기의 주제 및 기능과 연계된 짧은 담화를 구성하게 하여 의사소통 능력을 향상하도록 하였다.

聽力練習結束後，會有和聽力的主題、技巧相關的短文，藉此提高學習者的溝通能力。

읽기 閱讀

'준비', '읽기 1·2'와 '말하기' 활동으로 구성된다.

分成「暖身」、「閱讀1、2」和「會話」三部分。

준비 暖身

읽기 전 단계로, 읽을 내용을 예측할 수 있는 질문이나 사진, 삽화 등을 제시하여 학습자의 배경지식을 활성화한다.

在進入閱讀練習之前，先提供可以預測閱讀內容的問題或照片、插圖等，激發學習者的背景知識。

읽기 閱讀

읽기 단계는 목표 문법과 표현이 포함된 읽기 1과 2로 구성하되 난이도에 따라 제시하였다. 또한 학습자의 수준에 맞는 실제적이고 다양한 종류의 텍스트를 제시한다. 또한 읽은 내용을 확인하는 문제를 제시하여 학습자 스스로 이해도를 점검해 볼 수 있도록 하였다.

閱讀階段根據難度分為「閱讀1」與「閱讀2」，融入目標文法和表現，並且提示各種實用多元、符合學習者程度的閱讀文章。閱讀階段也提供有關閱讀內容的問題，學習者可以自行檢測理解程度。

문법과 표현 文法與表現

학습자들이 문법과 표현을 참고할 수 있도록 별도로 구성된 책의 해당 페이지를 표시하였다.

標示另外編寫的文法說明冊對應頁數，方便學習者參考文法和表現。

말하기 會話

읽기 후 단계로, 읽기의 주제 및 기능과 연계된 담화를 구성해 보게 하였다. 또한 말하기 활동은 쓰기의 개요 구성으로 연결되어 쓰기와의 연계성을 높였다.

閱讀練習結束後，會有和閱讀的主題、技巧相關的短文。此外，會話與寫作也有關聯，能以此提升對寫作的理解。

쓰기 寫作

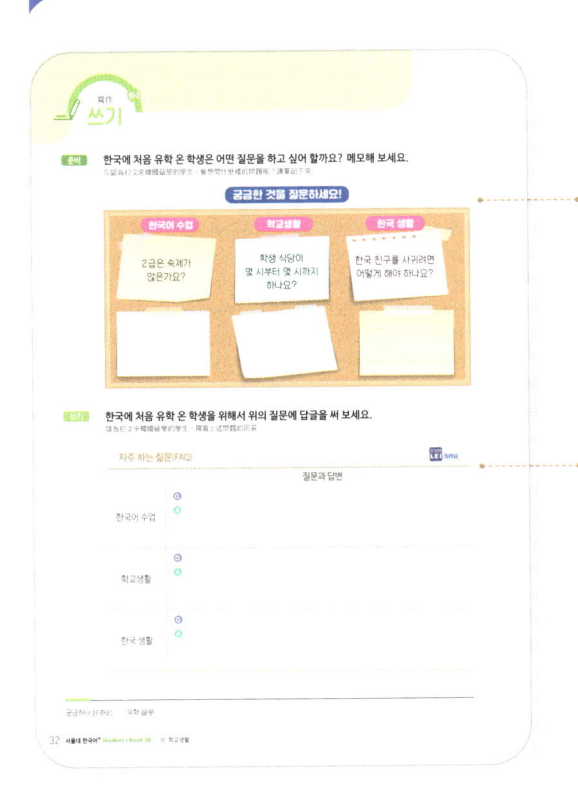

'준비'와 '쓰기' 활동으로 구성된다.

分成「暖身」和「寫作」兩部分。

준비 暖身

쓰기 전 단계로, 실제 쓸 내용에 대한 개요를 작성해 보거나 쓸 내용을 구성할 수 있도록 생각을 여는 질문을 제시한다.

在進入寫作練習前,先提供學生啟發思考的問題,引導學生寫下預計撰寫內容的摘要,或構思預計撰寫內容。

쓰기 寫作

준비 단계에서 작성한 개요를 바탕으로 과정 중심 글쓰기 활동이 이루어지도록 구성하였다. 읽기 텍스트와 유사한 종류의 글을 쓰도록 구성하여 학습자들의 담화 쓰기 능력을 향상하고자 하였다.

根據暖身階段所寫的摘要,撰寫緊扣課程內容的文章。藉由撰寫與閱讀例文類型相似的文章,提高學習者撰寫文章的能力。

과제 課堂活動

3~4단계의 문제 해결형 과제로 구성된다. 학습자 간의 상호작용을 통해 해당 단원에서 학습한 주제 어휘와 목표 문법을 내재화하고 언어 사용의 유창성을 키운다.

分成3~4個階段的解題型活動。透過學習者之間的互動,深化該單元學習到的主題詞彙和目標文法,培養語言使用的流暢性。

문화 文化

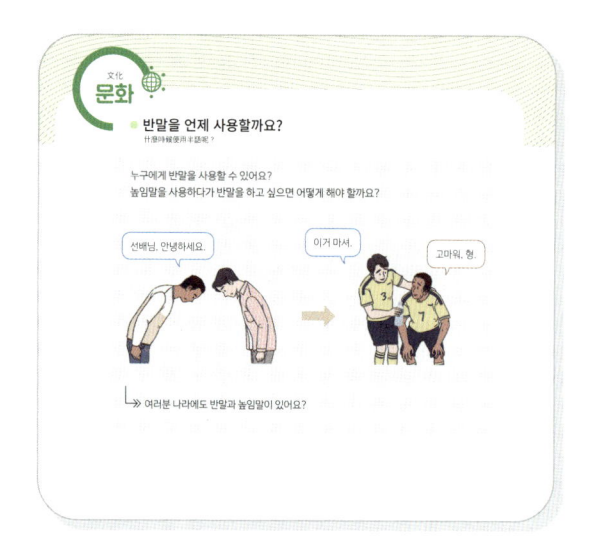

단원의 주제와 관련 있는 한국 문화 내용을 그림이나 사진과 함께 간단한 질문으로 제시하여 한국 문화에 대한 이해를 넓힐 수 있게 구성하였고 상호 문화적인 접근이 가능하도록 하였다.

利用圖片和照片簡單提示與單元主題相關的韓國文化內容，擴大學習者對韓國文化的理解，促進雙方的跨文化認識。

발음 및 자기 평가 發音及自我評量

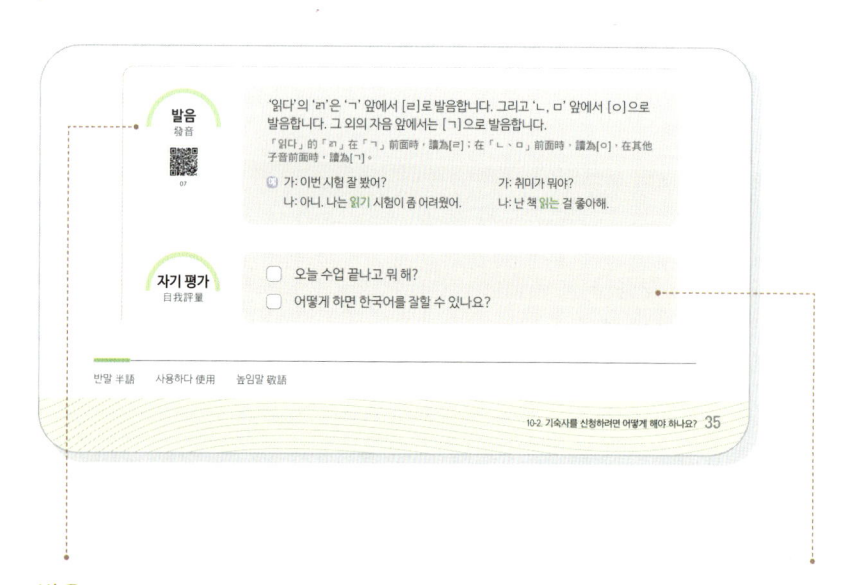

발음 發音

단원의 '말하기 3'과 관련 있는 음운 현상을 확인하고 대화 상황에서 연습하게 하였다.

查看單元中與「會話3」有關的音韻現象，試著在對話情境中練習。

자기 평가 自我評量

단원에서 학습한 어휘와 문법을 사용하여 질문에 답함으로써 학습 목표를 달성하였는지를 학습자 스스로 확인해 보도록 구성하였다.

利用在單元中學習到的詞彙和文法回答問題，學習者可以檢視自己是否達到了學習目標。

차례 目次

	머리말 前言		•2
	일러두기 本書使用方法		•6
	교재 구성표 課程大綱		•14
	등장인물 人物介紹		•18

2B

單元10	학교생활 校園生活	10-1. 우리 같이 시험공부를 하자 我們一起準備考試吧	•22
		10-2. 기숙사를 신청하려면 어떻게 해야 하나요? 我想申請宿舍，該怎麼做才好呢？	•28
單元11	음식 食物	11-1. 난 순두부찌개 먹을래 我要吃豆腐鍋	•38
		11-2. 제가 먹어 본 냉면 중에서 제일 맛있었어요 在我吃過的冷麵中，這個最好吃	•44
單元12	외모와 성격 外表和性格	12-1. 까만 스웨터를 입고 있어요 身穿黑色的毛衣	•54
		12-2. 제 친구는 바다처럼 마음이 넓습니다 我朋友的心胸像大海一樣寬廣	•60
單元13	감정 情感	13-1. 너무 속상하겠어요 你肯定很難過	•70
		13-2. 친구들과 친해지고 싶습니다 我想和朋友變熟	•76
單元14	인생 人生	14-1. 대학교에 입학하게 됐어요 我進大學就讀了	•86
		14-2. 고마운 사람을 만난 적이 있습니다 我見過我很感謝的人	•92
單元15	집 房屋	15-1. 방이 넓어서 살기 좋아요 房間很大，住起來很舒適	•102
		15-2. 벽에 가족사진이 걸려 있습니다 牆上掛著全家福	•108
單元16	예절 禮儀	16-1. 반말을 해도 돼요? 可以對你說半語嗎？	•118
		16-2. 공연 중에 사진을 찍으면 안 됩니다 表演中不可以拍照	•124
單元17	문화 文化	17-1. 콘서트를 보기 위해서 표를 사 놓았어요 我買好票要去看演唱會	•134
		17-2. 추석은 한국의 큰 명절 중 하나다 中秋是韓國的重大節日之一	•140
單元18	추억과 꿈 回憶和夢想	18-1. 이번 학기가 끝나서 좋기는 하지만 아쉬워요 這學期結束雖然開心，但是有些惋惜	•150
		18-2. 한국에 온 지 벌써 6개월이나 됐다 來到韓國已經過了6個月	•156

	부록 附錄	•165

線上音檔 QRCode
使用說明：
① 掃描 QRCode→
② 回答問題→
③ 完成訂閱→
④ 聆聽書籍音檔。

교재 구성표 課程大綱

	단원 제목 單元標題	어휘 詞彙	기능별 활동 活動類別
10. 학교생활 校園生活	10-1. 우리 같이 시험공부를 하자 我們一起準備考試吧	학교생활 ① 校園生活 ①	말하기 會話 • 한국어 공부 방법에 대해 이야기하기 談談韓語學習方法
	10-2. 기숙사를 신청하려면 어떻게 해야 하나요? 我想申請宿舍， 該怎麼做才好呢？	이메일, 학교생활 ② 電子郵件、 校園生活 ②	읽기 閱讀 • 기숙사 신청 안내문 읽기 閱讀宿舍申請說明 • 학교 인터넷 게시판의 글 읽기 閱讀校內網路佈告欄
11. 음식 食物	11-1. 난 순두부찌개 먹을래 我要吃豆腐鍋	음식 ①, 맛 食物 ①、味道	말하기 會話 • 메뉴 추천하기 推薦餐點
	11-2. 제가 먹어 본 냉면 중에서 제일 맛있었어요 在我吃過的冷麵中， 這個最好吃	음식 ②, 식당 평가 食物 ②、餐廳評價	읽기 閱讀 • 식당과 음식에 대한 메시지 읽기 閱讀有關餐廳和食物的訊息 • 식당 후기 읽기 閱讀餐廳後記
12. 외모와 성격 外表和性格	12-1. 까만 스웨터를 입고 있어요 身穿黑色的毛衣	착용 동사, 색깔 穿戴動詞、顏色	말하기 會話 • 옷차림 설명하기 說明穿著
	12-2. 제 친구는 바다처럼 마음이 넓습니다 我朋友的心胸像大海一樣寬廣	외모, 성격 外表、性格	읽기 閱讀 • 에스엔에스(SNS) 글 읽기 閱讀社群貼文（SNS） • 친구를 소개하는 글 읽기 閱讀介紹朋友的文章
13. 감정 情感	13-1. 너무 속상하겠어요 你肯定很難過	감정 ① 情感 ①	말하기 會話 • 감정 표현하고 공감하기 表達情感，同理情感
	13-2. 친구들과 친해지고 싶습니다 我想和朋友變熟	인간관계 人際關係	읽기 閱讀 • 책 광고 읽기 閱讀書籍廣告 • 친구를 사귀는 방법을 소개하는 글 읽기 閱讀介紹交友方法的文章

기능별 활동 活動類別	문법과 표현 文法與表現	과제 課堂活動	문화 文化	발음 發音
듣기 聽力 • 학교생활에 대한 대화 듣기 聆聽有關校園生活的對話 쓰기 寫作 • 학교생활이나 한국 생활에 대해 답하는 글 쓰기 撰寫回答校園生活或韓國生活的文章	• 반말 • 動-나요?, 形-(으)ㄴ가요?, 名인가요? • 動-(으)려면	학교생활이나 한국 생활에 대한 정보 나누기 分享校園生活或韓國生活相關資訊	반말의 사용 半語的使用	'읽다'의 발음 「읽다」的發音
듣기 聽力 • 음식에 대한 대화 듣기 聆聽有關食物的對話 쓰기 寫作 • 식당 후기 쓰기 撰寫餐廳後記	• 動-는데, 形-(으)ㄴ데 1 • 動-(으)ㄹ래요 • 名 중에서 • 動-아다/어다 주다	학교 근처 맛집 소개하기 介紹學校附近的美食餐廳	한국의 반찬 문화 韓國的小菜文化	비음화 2 鼻音化 2
듣기 聽力 • 안내 방송 듣기 聆聽說明廣播 • 옷차림 예절에 대한 대화 듣기 聆聽有關穿著禮儀的對話 쓰기 寫作 • 친구를 소개하는 글 쓰기 撰寫介紹朋友的文章	• 'ㅎ' 불규칙 • 動-고 있다 • 名처럼/같이 • 動形-았으면/었으면 좋겠다	친구의 이상형 찾아주기 尋找朋友的理想型	동물의 성격 動物的性格	경음화 4 硬音化 4
듣기 聽力 • 감정에 대한 대화 듣기 聆聽有關情感的對話 • 인터뷰 대화 듣기 聆聽採訪對話 쓰기 寫作 • 친구와 잘 지내는 방법을 소개하는 글 쓰기 撰寫介紹跟朋友和睦相處之道的文章	• 名 때문에 • 動形-겠- • 動形-(으)ㄹ 때 • 形-아지다/어지다	문제 상황 해결법 찾기 尋找解決問題的方法	한국어의 감탄사 韓語的感嘆詞	경음화 5 硬音化 5

	단원 제목 單元標題	어휘 詞彙	기능별 활동 活動類別
14. 인생 人生	14-1. 대학교에 입학하게 됐어요 我進大學就讀了	인생 人生	말하기 會話 • 근황에 대해 이야기하기 談談近況

	14-2.
	고마운 사람을 만난 적이 있습니다
	我見過我很感謝的人
		사고
		事故
			읽기 閱讀
			• 기억에 남는 일에 대한 에스엔에스(SNS) 글 읽기
			  閱讀有關印象深刻事件的社群貼文（SNS）
			• 고마운 사람에 대한 글 읽기
			  閱讀有關你所感謝的人的文章

15. 집 房屋	15-1. 방이 넓어서 살기 좋아요 房間很大，住起來很舒適	부동산 ① 不動產 ①	말하기 會話 • 부동산에서 주거 조건 설명하기 在不動產公司說明居住條件

	15-2.
	벽에 가족사진이 걸려 있습니다
	牆上掛著全家福
		부동산 ②
		不動產 ②
			읽기 閱讀
			• 부동산 광고문 읽기
			  閱讀不動產廣告
			• 고향 집을 소개하는 글 읽기
			  閱讀介紹故鄉老家的文章

16. 예절 禮儀	16-1. 빈말을 해도 돼요? 可以對你說半語嗎？	일상 예절 日常禮儀	말하기 會話 • 한국과 고향의 예절 비교하기 比較韓國和你故鄉的禮儀

	16-2.
	공연 중에 사진을 찍으면
	안 됩니다
	表演中不可以拍照
		공공 예절
		公共禮儀
			읽기 閱讀
			• 지하철 안내문 읽기
			  閱讀地鐵指南
			• 예절 차이에 대한 글 읽기
			  閱讀有關禮儀差異的文章

17. 문화 文化	17-1. 콘서트를 보기 위해서 표를 사 놓았어요 我買好票要去看演唱會	공연 문화 表演文化	말하기 會話 • 관심 있는 문화에 대해 이야기하기 談談你感興趣的文化

	17-2.
	추석은 한국의 큰 명절 중 하나다
	中秋是韓國的重大節日之一
		명절
		節日
			읽기 閱讀
			• 일기 읽기
			  閱讀日記
			• 명절을 소개하는 글 읽기
			  閱讀介紹節日的文章

18. 추억과 꿈 回憶和夢想	18-1. 이번 학기가 끝나서 좋기는 하지만 아쉬워요 這學期結束雖然開心， 但是有些惋惜	감정 ②, 계절의 변화 情感 ②、 季節的變化	말하기 會話 • 기억에 남는 일과 앞으로의 계획 이야기하기 談談印象深刻的事情和未來的計畫

	18-2.
	한국에 온 지 벌써 6개월이나 됐다
	來到韓國已經過了6個月
		시간, 꿈
		時間、夢想
			읽기 閱讀
			• 유학생에 대한 기사 읽기
			  閱讀有關留學生的報導
			• 한국 생활과 미래 계획에 대한 글 읽기
			  閱讀有關韓國生活和未來計畫的文章

기능별 활동 活動類別	문법과 표현 文法與表現	과제 課堂活動	문화 文化	발음 發音
듣기 聽力 • 어렸을 때의 꿈에 대한 대화 듣기 　聆聽有關兒時夢想的對話 • 축하와 감사에 대한 대화 듣기 　聆聽有關祝賀和感謝的對話	• 動-(으)ㄴ 덕분에 • 動-게 되다	나의 인생에 대해 이야기하기 談談自己的人生	환갑 花甲	유기음화 2 送氣音化 2
쓰기 寫作 • 고마운 사람에 대한 글 쓰기 　撰寫有關你所感謝的人的文章	• 形-게 • 動-(으)ㄴ 적이 있다/없다			
듣기 聽力 • 집에 대한 대화 듣기 　聆聽有關房屋的對話	• 動-기 形 • 名밖에	살고 싶은 집에 대해 이야기하기 談談你想住的房屋	공유 주택 共居住宅	유음화 流音化
쓰기 寫作 • 고향 집을 소개하는 글 쓰기 　撰寫介紹故鄉老家的文章	• 動-아/어 있다 • 動形-기 때문에, 　名(이)기 때문에			
듣기 聽力 • 예절에 대한 대화 듣기 　聆聽有關禮儀的對話	• 動-는데, 　形-(으)ㄴ데 2 • 動-아도/어도 되다	각국의 예절 비교하기 比較各國的禮儀	한국의 식사 예절 韓國的用餐禮儀	'ㄴ' 첨가 「ㄴ」添加
쓰기 寫作 • 예절 차이에 대한 글 쓰기 　撰寫有關禮儀差異的文章	• 動-는 중이다, 　名 중이다 • 動-(으)면 안 되다			
듣기 聽力 • 관심 있는 문화에 대해 소개하는 대화 듣기 　聆聽介紹感興趣的文化的對話 • 인터뷰 대화 듣기 　聆聽採訪對話	• 動-기 위해(서) • 動-아/어 놓다	유명한 사람 소개하기 介紹知名人士	한국의 전통 놀이 韓國的傳統遊戲	유기음화 3 送氣音化 3
쓰기 寫作 • 명절을 소개하는 글 쓰기 　撰寫介紹節日的文章	• 動-는다/ㄴ다, 　形-다, 　名(이)다			
듣기 聽力 • 라디오 방송 듣기 　聆聽收音機廣播 • 기억에 남는 일에 대한 대화 듣기 　聆聽有關印象深刻事件的對話	• 動形-기는 하지만 • 動形-(으)ㄹ지 모르겠다	친구에게 메시지 쓰기 寫訊息給朋友	한국에 오는 유학생들의 진로 來韓留學生的出路	경음화 6 硬音化 6
쓰기 寫作 • 한국 생활과 미래 계획에 대한 글 쓰기 　撰寫有關韓國生活和未來計畫的文章	• 動-(으)ㄴ 지 • 名(이)나 2			

등장인물 人物介紹

나나
중국, 선생님
娜娜
中國、老師

엥흐
몽골, 사업가
恩和
蒙古、企業家

테오
브라질, 대학생
迪歐
巴西、大學生

마리
일본, 선생님
麻里
日本、老師

크리스
호주, 요리사
克里斯
澳洲、廚師

소날
인도, 컴퓨터 프로그래머
桑納
印度、電腦程式設計師

제니
미국, 학생
珍妮
美國、學生

김민우
한국, 대학생
金民佑
韓國、大學生

닛쿤
태국, 연예인 연습생

尼坤
泰國、偶像練習生

이유진
한국, 회사원

李宥真
韓國、上班族

하이
베트남, 회사원

阿海
越南、上班族

아야나
말레이시아, 작가

阿雅娜
馬來西亞、作家／編劇

안나
러시아, 화가

安娜
俄羅斯、畫家

다니엘
미국, 대학원생

丹尼爾
美國、研究生

에릭
프랑스, 운동선수

艾瑞克
法國、運動選手

자밀라
우즈베키스탄, 모델

賈蜜拉
烏茲別克、模特兒

10

학교생활 校園生活

10-1 우리 같이 시험공부를 하자

10-2 기숙사를 신청하려면 어떻게 해야 하나요?

1 한국어 수업이 어때요? 뭐가 제일 재미있어요?
2 학교에 들어오기 전에 뭐가 알고 싶었어요?

어휘 10-1 우리 같이 시험공부를 하자
我們一起準備考試吧

설명하다
-는 게 어때요?
이해하다

질문하다
대답하다

사과, 사과, 사과 …
외우다

발표하다

어… 어…
잊어버리다

설명하다 說明　　이해하다 理解　　질문하다 提問
대답하다 回答　　외우다 背、記　　발표하다 發表
잊어버리다 忘記

이야기해 보세요

▶ 수업 시간에 무슨 일이 있었어요?
▶ 한국어 수업에서 뭐가 제일 재미있어요?

맞다	틀리다
말하기	듣기
읽기	쓰기

맞다 答對 　　틀리다 答錯 　　말하기 口說 　　듣기 聽力
읽기 閱讀 　　쓰기 寫作

말하기 10-1

會話

말하기 1 친구와 연습해 보세요.
請和朋友練習看看。

가: 민우야, 저녁에 뭐 할 거야?
나: 별일 없어. 그냥 집에서 **쉴 거야**. 왜?
가: **단어 외우는 거** 좀 도와줄 수 있어?
나: 응. 내가 도와줄게.

1) 드라마 보다 / 발표 준비하다
2) 책 읽다 / 발음 연습하다
3) 게임하다 / 요리하다

말하기 2 친구와 연습해 보세요.
請和朋友練習看看。

가: 오늘 시험 끝나고 스트레스 풀러 갈까?
나: 좋아. 어디 가고 싶은데?
가: **맛있는 거 먹으면** 스트레스가 풀릴 것 같아.
나: 그럼 **케이크** 어때? **명동**에 있는 **카페**에 가자.

1) 큰 소리로 노래 부르다 / 노래방 / 강남역, 노래방
2) 게임하다 / 컴퓨터게임 / 학교 앞, 피시방
3) 아름다운 경치를 보다 / 바다 / 인천, 바다

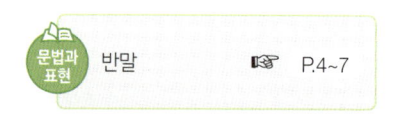

문법과 표현: 반말 P.4~7

별일 없다 沒什麼事   스트레스를 풀다 消除壓力   스트레스가 풀리다 壓力被消除   소리 聲音
피시방 網咖   인천 仁川

24 서울대 한국어+ Student's Book 2B | 10. 학교생활

말하기 3 친구와 이야기해 보세요.
請和朋友說說看。

제니: 시험 잘 봤어?
닛쿤: 응. 지난번보다 잘 본 것 같아.
제니: 나도. 그런데 난 말하기 시험이 조금 어려웠어. 넌 어땠어?
닛쿤: 난 말하기 시험은 괜찮았어.
제니: 그래? 넌 한국 친구들하고 이야기를 많이 해서 그런 것 같아.
닛쿤: 그런데 난 읽기 시험이 좀 어려웠어.
　　　넌 책을 많이 읽으니까 별로 어렵지 않았지?
제니: 응. 난 항상 말하기 시험보다 읽기 시험이 쉬운 것 같아.
닛쿤: 우리 오늘부터 같이 말하기 연습도 하고 읽기 연습도 하면 어떨까?
제니: 그거 좋은 생각이야. 그러자.

발음
- 읽기 시험이 [일끼]
- 읽으니까 [일그니까]

말하기 　　듣기 　　읽기 　　쓰기

말하기, 한국 친구들하고 이야기를 많이 하다
읽기, 책을 많이 읽다

지난번 上次

10-1. 우리 같이 시험공부를 하자

聽力 듣기 10-1

준비 **쉬는 시간에 뭐 해요?**
你下課時間做什麼呢?

듣기 1 **아야나와 크리스의 대화입니다. 잘 듣고 맞으면 ○, 틀리면 × 하세요.**
以下是阿雅娜和克里斯的對話。聽完後,正確請打○,錯誤請打×。

1) 여자는 이해하지 못한 문법이 있습니다.　　　(　　)
2) 남자는 여자에게 문법을 설명해 줄 것입니다.　　(　　)

학교생활에서 뭐가 제일 재미있어요?
校園生活中什麼最有趣?

> 너는 학교생활에서 뭐가 제일 재미있어?

> 나는 수업 끝나고 반 친구들하고 같이 밥 먹는 게 제일 재미있어.

> 나는 ….

문법 文法　　고민하다 煩惱　　학교생활 校園生活

26　서울대 한국어⁺ Student's Book 2B　| 10. 학교생활

준비 어떻게 한국어를 공부해요?
你怎麼學韓文的呢？

듣기 2 엥흐와 나나의 대화입니다. 잘 듣고 질문에 답해 보세요.
以下是恩和和娜娜的對話。聽完後請回答問題。

1 두 사람은 뭐에 대해서 이야기하고 있어요? 맞는 것을 고르세요.

① 공부 방법　　　　② 수업 시간　　　　③ 학교생활

2 맞는 것을 고르세요.

① 여자는 이번 시험 점수가 좋지 않습니다.
② 여자는 그림을 그리면서 단어를 외웁니다.
③ 여자는 새로운 단어를 외우지만 자꾸 잊어버립니다.

친구들은 뭘 잘하는 것 같아요? 왜 잘하는 것 같아요?
你覺得朋友們擅長什麼？為什麼覺得他們擅長呢？

> 나나 씨는 듣기를 잘해요.
> 한국 노래를 자주 들어서 잘하는 것 같아요.

말하기　　듣기　　읽기　　쓰기

단어　　문법　　발음

이번 這次　　문장 句子

어휘 10-2 기숙사를 신청하려면 어떻게 해야 하나요?

我想申請宿舍，該怎麼做才好呢？

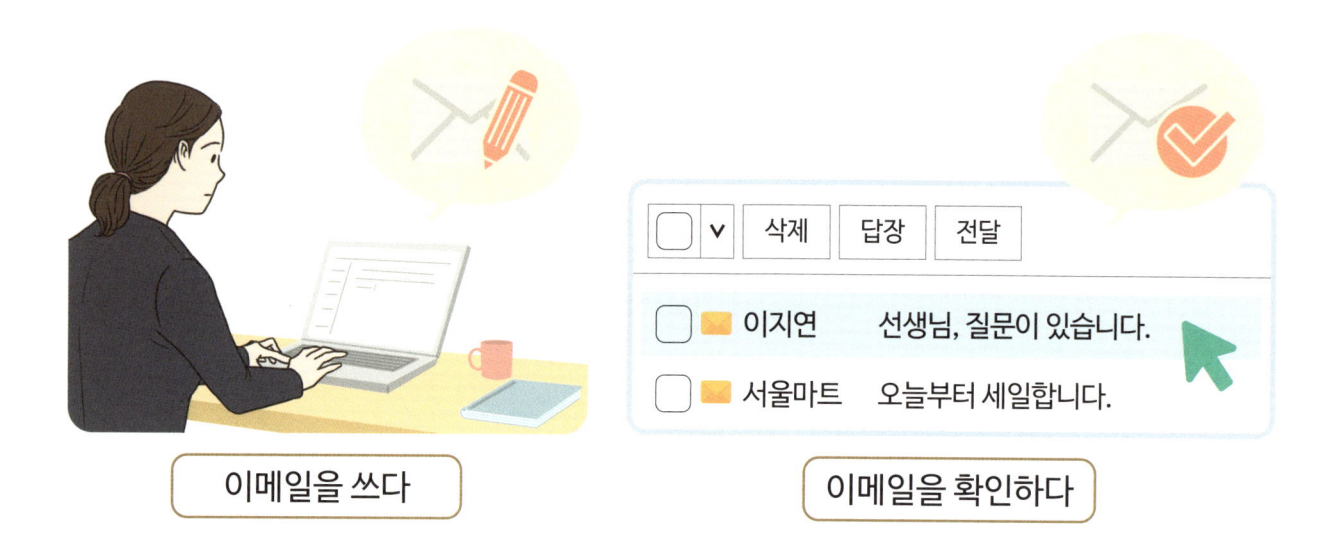

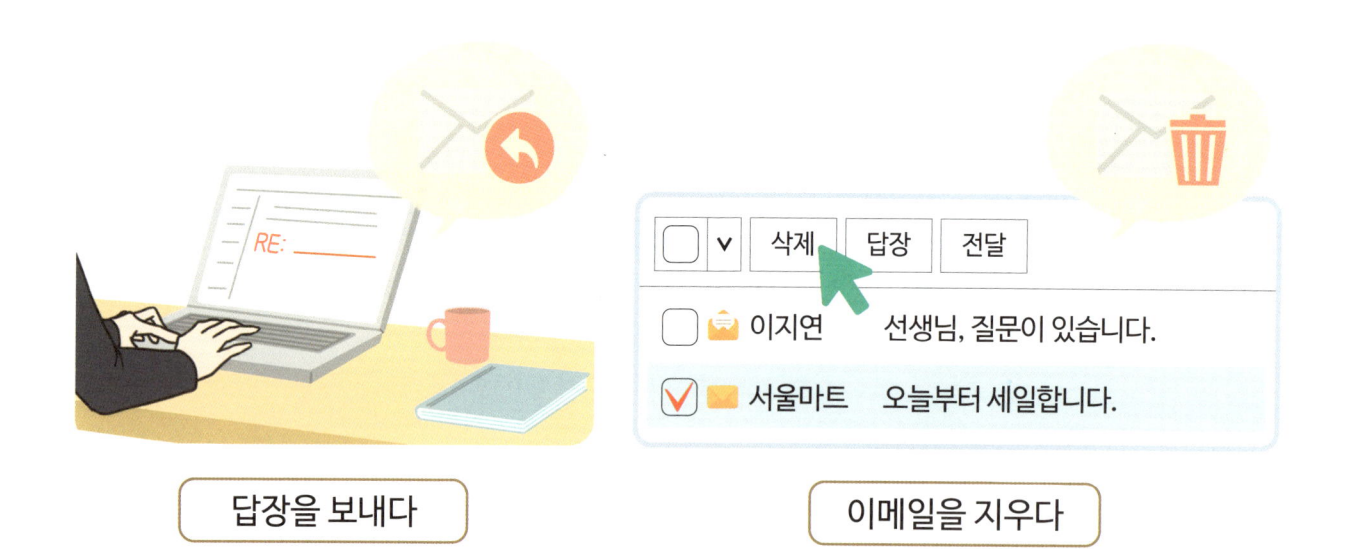

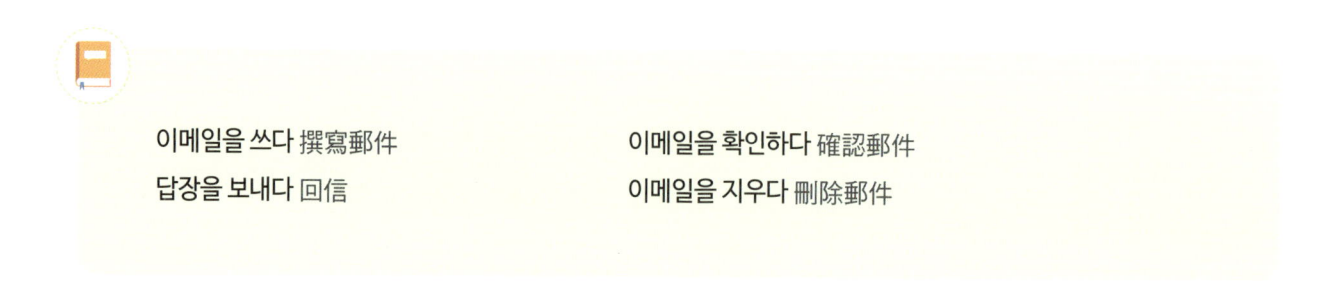

이메일을 쓰다

이메일을 확인하다

답장을 보내다

이메일을 지우다

이메일을 쓰다 撰寫郵件　　　이메일을 확인하다 確認郵件
답장을 보내다 回信　　　　이메일을 지우다 刪除郵件

이야기해 보세요

▶ 이메일을 자주 사용해요?
▶ 한국어 수업 듣기 전에 뭘 했어요?
▶ 수업을 열심히 들으면 뭘 할 수 있어요?

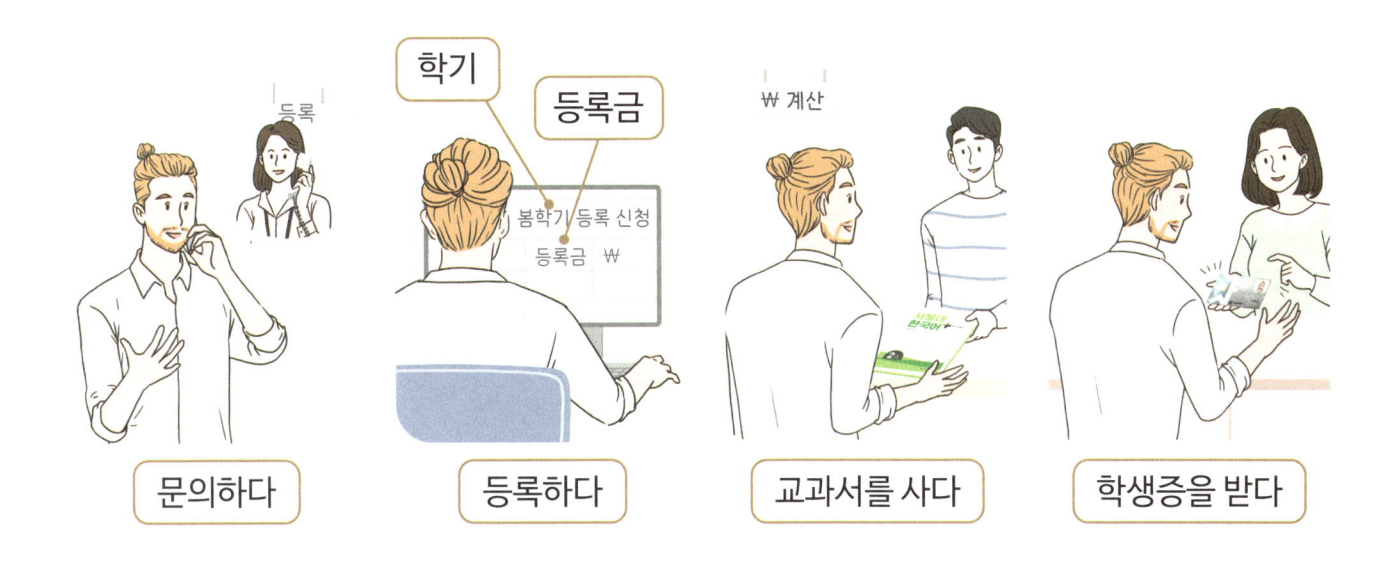

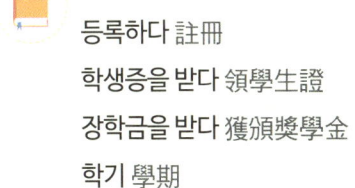

문의하다	등록하다	교과서를 사다	학생증을 받다

상을 받다	장학금을 받다	수료하다

등록하다 註冊
학생증을 받다 領學生證
장학금을 받다 獲頒獎學金
학기 學期

교과서를 사다 買敎科書
상을 받다 獲獎
수료하다 修畢
등록금 學費

閱讀

읽기 10-2

준비 어디에 문의를 해 봤어요? 뭐에 대해서 문의했어요?
你曾經向哪裡諮詢？諮詢的內容是什麼呢？

읽기 1 기숙사 신청 안내문입니다. 잘 읽고 맞는 것을 고르세요.
以下是宿舍申請說明。讀完後請選出正確的答案。

▶ 대상: 겨울 학기 한국어 수업에 등록한 학생
▶ 신청 기간: 10월 7일~10월 18일
▶ 이용 기간: 11월 23일~2월 12일
▶ 신청 방법: 언어교육원 홈페이지
▶ 문의: klp@snu.ac.kr

기숙사를 **신청하려면** 여기 를 누르세요.

① 기숙사를 신청하려면 이메일을 보내야 합니다.
② 기숙사를 신청하면 10월부터 기숙사에 살 수 있습니다.
③ 겨울 학기에 수업을 듣는 학생이 기숙사를 신청할 수 있습니다.

문법과 표현
動 -나요?, 形 -(으)ㄴ가요?, 名 인가요? P.8~9
動 -(으)려면 P.10

읽기 2 학교 게시판입니다. 잘 읽고 질문에 답해 보세요.
以下是校內佈告欄。讀完後請回答問題。

자주 하는 질문(FAQ) | 학교생활

번호	질문과 답변
1	**Q** 한국어 수업을 듣고 싶어요. 어떻게 지원해야 **하나요?** **A** 언어교육원에서 한국어 수업을 **들으려면** 홈페이지에서 지원해야 합니다. 방문 접수나 이메일 접수는 받지 않습니다.
2	**Q** 학생증은 어떻게 **신청하나요?** **A** 학생증을 **받으려면** 홈페이지에 사진을 올려야 합니다. 사진을 올리면 학기 시작 2주일 후에 학생증을 받을 수 있습니다. 학생증이 있으면 스포츠 센터, 도서관 등을 이용할 수 있습니다.
3	**Q** 셔틀버스가 **있나요?** **A** 네. 지하철 2호선 서울대입구역 3번 출구로 나오면 서울대학교 셔틀버스 정류장이 있습니다. 서울대학교 학생은 무료로 버스를 이용할 수 있습니다.
4	**Q** 교과서는 어디에서 살 수 **있나요?** **A** 교과서는 서점에서 구매하거나 인터넷으로 주문할 수 있습니다.

1 한국어 수업을 들으려면 어떻게 해야 돼요? 알맞은 그림을 고르세요.

① ② ③

2 맞는 것을 고르세요.

① 셔틀버스를 타려면 요금을 내야 합니다.
② 교과서를 사려면 사무실에 가야 합니다.
③ 도서관에 가려면 학생증이 있어야 합니다.

학교에 문의하고 싶은 것이 있어요?
你有想問學校的問題嗎？

> 저는 도서관 이용에 대해 문의하고 싶은데요.
> 도서관을 이용하려면 뭐가 필요한지 알고 싶어요.

답변 答覆　지원하다 報名　방문 現場　접수를 받다 收件　후 之後　등 等　무료 免費

쓰기 寫作 10-2

준비 한국에 처음 유학 온 학생은 어떤 질문을 하고 싶어 할까요? 메모해 보세요.
你認為初次來韓國留學的學生，會想問什麼樣的問題呢？請筆記下來。

궁금한 것을 질문하세요!

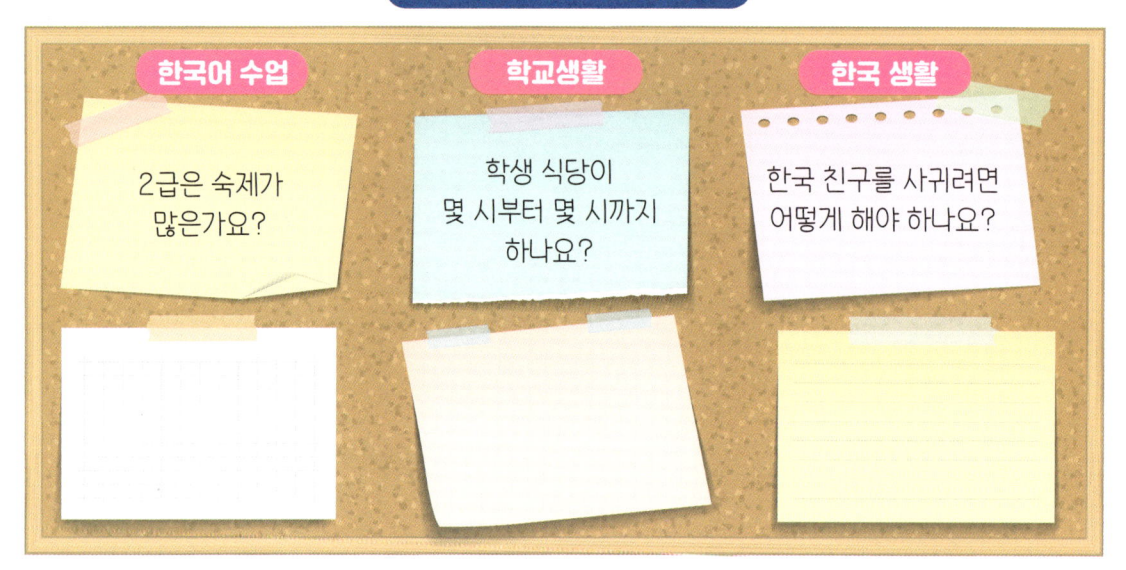

한국어 수업
2급은 숙제가 많은가요?

학교생활
학생 식당이 몇 시부터 몇 시까지 하나요?

한국 생활
한국 친구를 사귀려면 어떻게 해야 하나요?

쓰기 한국에 처음 유학 온 학생을 위해서 위의 질문에 답글을 써 보세요.
請為初次來韓國留學的學生，撰寫上述問題的回答。

자주 하는 질문(FAQ)

	질문과 답변
한국어 수업	Q A
학교생활	Q A
한국 생활	Q A

궁금하다 好奇的   유학 留學

課堂活動
과제

💬 **학교생활이나 한국 생활에 대한 정보를 친구에게 알려 주세요.**
請告訴朋友有關校園生活或韓國生活的資訊。

1 학교생활이나 한국 생활에 대해서 알고 싶은 것이 있어요? 종이에 질문을 써 보세요.
你想知道有關校園生活或韓國生活的哪些事情？請將問題寫在紙上。

인터넷 쇼핑을 하려면 뭐가 필요한가요?

어느 학생 식당이 제일 맛있나요?

2 여러분의 질문 종이를 상자에 넣어 주세요.
請將所有人的提問單放入紙箱內。

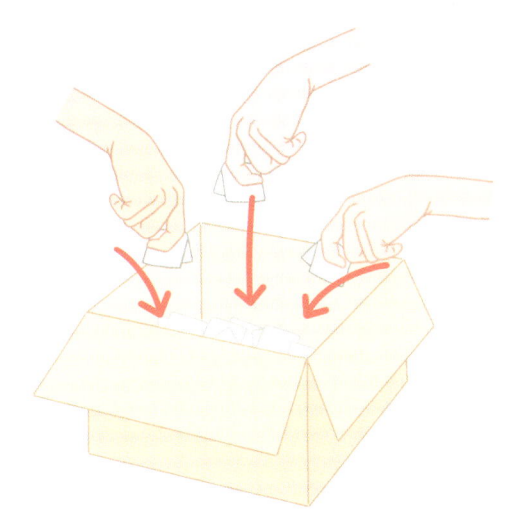

3 상자에서 질문 종이를 한 장씩 뽑으세요.
請從紙箱內抽出一張提問單。

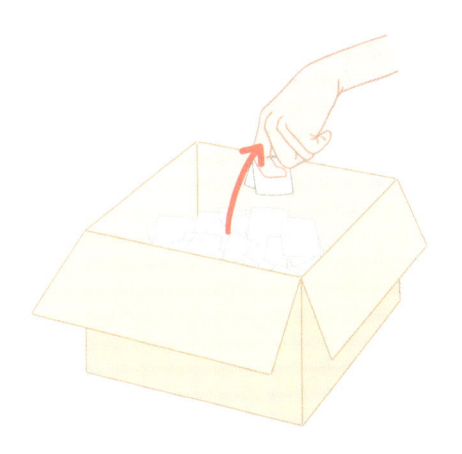

10-2. 기숙사를 신청하려면 어떻게 해야 하나요?

과제 課堂活動

4 3~4명이 모여 반말로 이야기하면서 질문에 대한 답을 써 보세요.
請三到四人為一組，用半語交談，並且寫下問題的答案。

> 음, 어느 학생 식당이 제일 맛있어?

> 나는 언어교육원 옆에 있는 식당이 제일 좋아.

> 나는 채식 식당에 자주 가.

5 친구들 앞에서 여러분이 이야기한 학교생활이나 한국 생활 정보를 말해 주세요.
請在朋友們面前，分享你所說的校園生活或韓國生活資訊。

> 싸고 맛있는 음식을 먹으려면 언어교육원 옆에 있는 식당에 가면 됩니다. …

채식 素食

文化 문화

● 반말을 언제 사용할까요?
什麼時候使用半語呢？

누구에게 반말을 사용할 수 있어요?
높임말을 사용하다가 반말을 하고 싶으면 어떻게 해야 할까요?

선배님, 안녕하세요.

이거 마셔.

고마워, 형.

⇒ 여러분 나라에도 반말과 높임말이 있어요?

발음
發音

'읽다'의 'ㄺ'은 'ㄱ' 앞에서 [ㄹ]로 발음합니다. 그리고 'ㄴ, ㅁ' 앞에서 [ㅇ]으로 발음합니다. 그 외의 자음 앞에서는 [ㄱ]으로 발음합니다.
「읽다」的「ㄺ」在「ㄱ」前面時，讀為[ㄹ]；在「ㄴ、ㅁ」前面時，讀為[ㅇ]，在其他子音前面時，讀為[ㄱ]。

예 가: 이번 시험 잘 봤어?　　　　　　　　가: 취미가 뭐야?
　　나: 아니. 나는 읽기 시험이 좀 어려웠어.　　나: 난 책 읽는 걸 좋아해.

자기 평가
自我評量

☐ 오늘 수업 끝나고 뭐 해?

☐ 어떻게 하면 한국어를 잘할 수 있나요?

반말 半語　　사용하다 使用　　높임말 敬語

11

음식 食物

11-1 난 순두부찌개 먹을래

11-2 제가 먹어 본 냉면 중에서 제일 맛있었어요

1 좋아하는 한국 음식이 있어요?
2 전화나 앱으로 음식을 주문해 봤어요?

11-1 난 순두부찌개 먹을래
我要吃豆腐鍋

밥
- 김밥
- 비빔밥
- 볶음밥

국수
- 냉면
- 라면
- 칼국수

찌개
- 순두부찌개
- 김치찌개
- 된장찌개

고기
- 삼겹살
- 치킨
- 갈비

탕
- 갈비탕
- 감자탕
- 삼계탕

밥 飯	볶음밥 炒飯	
국수 麵	라면 泡麵	칼국수 刀削麵
찌개 鍋	순두부찌개 豆腐鍋	된장찌개 大醬鍋
고기 肉	치킨 炸雞	갈비 排骨
탕 湯	감자탕 馬鈴薯湯	삼계탕 蔘雞湯

이야기해 보세요

▶ 무슨 음식을 가장 좋아해요?
▶ 어떤 맛을 좋아해요? 어떤 맛을 싫어해요?

달다

쓰다

짜다

시다

맵다

달다 甜的　　쓰다 苦的　　짜다 鹹的　　시다 酸的

會話 말하기 11-1

말하기 1 친구와 연습해 보세요.
請和朋友練習看看。

가: 너는 보통 어디에서 밥을 먹어?
나: 엄마손식당에서 먹는데 거기 음식이 맛있어.
가: 그래? 나도 가 보고 싶어.
나: 이번 주말에도 갈 건데 시간 있으면 같이 가자.

1) 커피를 마시다 / 사랑카페 / 커피가 맛있다

2) 쇼핑하다 / 홍대 앞 / 가게에 예쁜 옷이 많다

3) 놀다 / 강남 / 재미있는 것이 많다

말하기 2 친구와 연습해 보세요.
請和朋友練習看看。

가: 뭐 먹을래?
나: 종류가 많네. 넌 뭐 먹을 거야?
가: 여긴 순두부찌개가 맛있어. 난 순두부찌개 먹을래.
나: 그럼 나도 순두부찌개 먹어 볼래.

메뉴:
- 비빔밥 ─ 11,000
- 불고기 ─ 11,000
- 김치찌개 ─ 9,000
- 순두부찌개 ─ 9,000
- 냉면 ─ 11,000

1) 시키다 / 감자탕

2) 주문하다 / 칼국수

3) 마시다 / 사과 주스

문법과 표현
動 -는데, 形 -(으)ㄴ데 1 ☞ P.11~12
動 -(으)ㄹ래요 ☞ P.13

홍대 弘大（弘益大學） 종류 種類 시키다 點餐

40 서울대 한국어+ Student's Book 2B | 11. 음식

말하기 3 친구와 이야기해 보세요.
請和朋友說說看。

유진: 뭐 먹을래?
에릭: 난 이 식당이 처음이라서 잘 모르는데 여기는 뭐가 맛있어?
유진: 이 식당은 순두부찌개가 제일 유명해. 너도 그거 먹어 볼래?
에릭: 난 매운 거 잘 못 먹는데 순두부찌개는 매울 것 같아. 다른 거 먹어 볼래.
유진: 그럼 된장찌개는 어때? 된장찌개도 맛이 괜찮으니까 한번 먹어 봐.
에릭: 좋아. 난 된장찌개 먹을래.
유진: 여기요. 순두부찌개 하나하고 된장찌개 하나 주세요.

발음
• 잘 못 먹는데
 [몬멍는데]

서울식당

순두부찌개	8,000	된장찌개	9,000
비빔국수	9,000	칼국수	10,000
비빔밥	11,000	갈비탕	12,000

SNU카페

인삼차	5,000	사과 주스	4,500
딸기 우유	6,000	녹차	4,000
레몬차	4,000	커피	5,000

순두부찌개, 맵다			
된장찌개			

비빔국수 辣拌麵　　인삼차 人蔘茶　　레몬차 檸檬茶

듣기 聽力 11-1

준비 무슨 음식을 좋아해요? 그 음식은 어떤 맛이에요?
你喜歡什麼食物呢？那個食物是什麼味道？

듣기 1 크리스와 유진의 대화입니다. 잘 듣고 질문에 답해 보세요.
以下是克里斯和宥真的對話。聽完後請回答問題。

1 여자는 매일 뭘 마셔요? _____

2 그건 어떤 맛이에요? _____

건강을 위해서 먹는 것이 있어요?
為了健康，你會吃什麼東西？

> 저는 건강을 위해서 날마다 비타민을 한 알씩 먹어요.

을/를 위해서 為了（某個目的、某人）   알 粒、顆（藥丸，藥片的量詞）   씩 平均、各

준비 친구에게 만들어 주고 싶은 고향 음식이 있어요? 어떤 음식이에요?
你想做什麼家鄉菜給朋友呢？那是什麼樣的食物？

듣기 2 민우와 켈리의 대화입니다. 잘 듣고 질문에 답해 보세요.
以下是民佑和凱莉的對話。聽完後請回答問題。

1 두 사람은 뭐 하고 있어요? 알맞은 그림을 고르세요.

① ② ③

2 맞는 것을 고르세요.

① 여자는 고기를 좋아합니다.
② 여자는 비빔밥을 자주 먹었습니다.
③ 여자는 비빔밥에 고추장을 넣지 않았습니다.

자주 먹는 한국 음식이 있어요?
你有經常吃的韓國料理嗎？

> 저는 닭갈비를 자주 먹는데 특히 치즈 닭갈비를 좋아해요.
> 닭갈비는 좀 맵지만 치즈하고 같이 먹으면 정말 맛있어요.

(드라마에) 나오다 出現在（韓劇裡）　　잘되다 順利　　채소 蔬菜　　대표 代表
고추장 辣椒醬　　　　　　　　　　치즈 起司

11-1. 난 순두부찌개 먹을래 **43**

어휘 11-2

제가 먹어 본 냉면 중에서 제일 맛있었어요
在我吃過的冷麵中，這個最好吃

관악구 관악로 1

- 한식
- 일식
- 중식
- 양식
- 채식
- 커피/차

한식 韓餐   일식 日料   중식 中餐
양식 西餐   채식 素食

이야기해 보세요

▶ 어떤 음식을 주문하고 싶어요?
▶ 이 식당은 어떤 식당이에요?

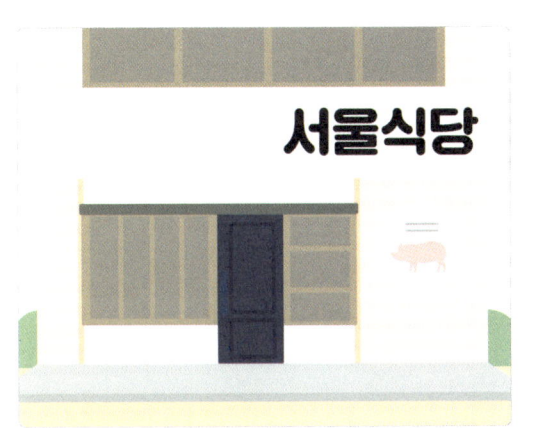

메뉴

| 삼겹살 추천👍 | 13,000원 | 김치찌개 | 9,000원 |
| 불고기 | 15,000원 | 된장찌개 | 9,000원 |

후기 ★ 4/5

맛	맛없어요	★★★★★	맛있어요
값	비싸요	★★★★☆	싸요
서비스	나빠요	★★★★☆	좋아요
교통	불편해요	★★★★☆	편리해요
분위기	나빠요	★★★☆☆	좋아요

메뉴 菜單　　　　추천 推薦　　　　후기 後記、心得評論　　　　맛 味道
값이 싸다/비싸다 價格便宜的/昂貴的　　　서비스가 좋다/나쁘다 服務好的/不好的
교통이 편리하다/불편하다 交通便利的/不便的　　분위기가 좋다/나쁘다 氣氛好的/糟的

11-2. 제가 먹어 본 냉면 중에서 제일 맛있었어요　45

閱讀 읽기 11-2

준비 어떤 종류의 음식을 좋아해요?
你喜歡哪種類型的食物？

| 한식 | 중식 | 채식 | 일식 |

읽기 1 나나와 제니의 메시지입니다. 잘 읽고 맞으면 ○, 틀리면 × 하세요.
以下是娜娜和珍妮的訊息。讀完後，正確請打○，錯誤請打×。

나나: 와, 정말 맛있어 보이네.

나나: 그렇지? 친구들하고 채식 식당에 왔는데 서비스도 좋고 분위기도 좋아.

제니: 음식 맛도 좋아? 나도 먹어 보고 싶어.

나나: 채소들이 싱싱하고 맛있어. 하나 **사다 줄까**?

제니: 응. 그럼 네가 **먹은 것 중에서** 제일 맛있는 거 **사다 줘**. 고마워.

1) 이 식당은 직원이 친절하고 음식이 맛있습니다. (　　)
2) 나나는 음식을 사서 제니에게 갈 것입니다. (　　)

문법과 표현
- 名 중에서　　P.14
- 動 -아다/어다 주다　　P.15

싱싱하다 新鮮的

읽기 2 식당과 음식에 대한 후기입니다. 잘 읽고 질문에 답해 보세요.
以下是有關餐廳和食物的後記。讀完後請回答問題。

후기

후기가 좋아서 한번 시켜 봤는데 정말 맛있었어요

저는 물냉면하고 갈비탕을 시켰는데 둘 다 좋았어요. 제가 매운 음식을 잘 못 먹어서 물냉면을 시켰는데 시원하고 맛있었어요. 제가 지금까지 먹어 본 **냉면 중에서** 이 식당 물냉면이 제일 맛있었어요. 갈비탕은 국물도 많고 고기도 많았어요. 콜라도 무료로 **가져다줘서** 좋았어요.

값은 조금 비싸고 배달 시간도 오래 걸렸지만 맛있고 서비스도 좋아서 다음에 또 주문할 것 같아요.

---

1 이 사람의 후기로 알맞은 것을 고르세요.

① 맛 ★★★★★ / 값 ★★★☆☆ / 배달 ★★★★☆ / 서비스 ★☆☆☆☆
② 맛 ★★★★★ / 값 ★★★☆☆ / 배달 ★☆☆☆☆ / 서비스 ★★★★★
③ 맛 ★★☆☆☆ / 값 ★★★★★ / 배달 ★★★☆☆ / 서비스 ★★★★☆

2 맞는 것을 고르세요.

① 이 사람은 물냉면을 처음 먹어 봤습니다.
② 이 사람은 후식으로 음료수를 배달시켰습니다.
③ 이 사람은 다른 사람의 후기를 보고 음식을 주문했습니다.

💬 **앱이나 전화로 음식 주문을 해 봤어요? 뭘 시켰어요? 뭐가 제일 맛있었어요?**
你用過app或電話點餐嗎？你當時點了什麼？什麼最好吃呢？

> 저는 한식을 자주 시켜요.
> 제가 먹어 본 음식 중에서 ….

물냉면 水冷麵 　 국물 湯 　 가져다주다 拿給、帶給 　 배달 配送 　 후식 餐後甜點

寫作 쓰기 11-2

준비 **여러분이 주문한 음식과 식당에 대해서 메모해 보세요.**
請針對你訂購的食物和餐廳撰寫筆記。

메뉴	
맛	☆☆☆☆☆
값	☆☆☆☆☆
배달	☆☆☆☆☆
서비스	☆☆☆☆☆

쓰기 **여러분이 주문한 음식과 식당에 대한 후기를 써 보세요.**
請針對你訂購的食物和餐廳撰寫後記。

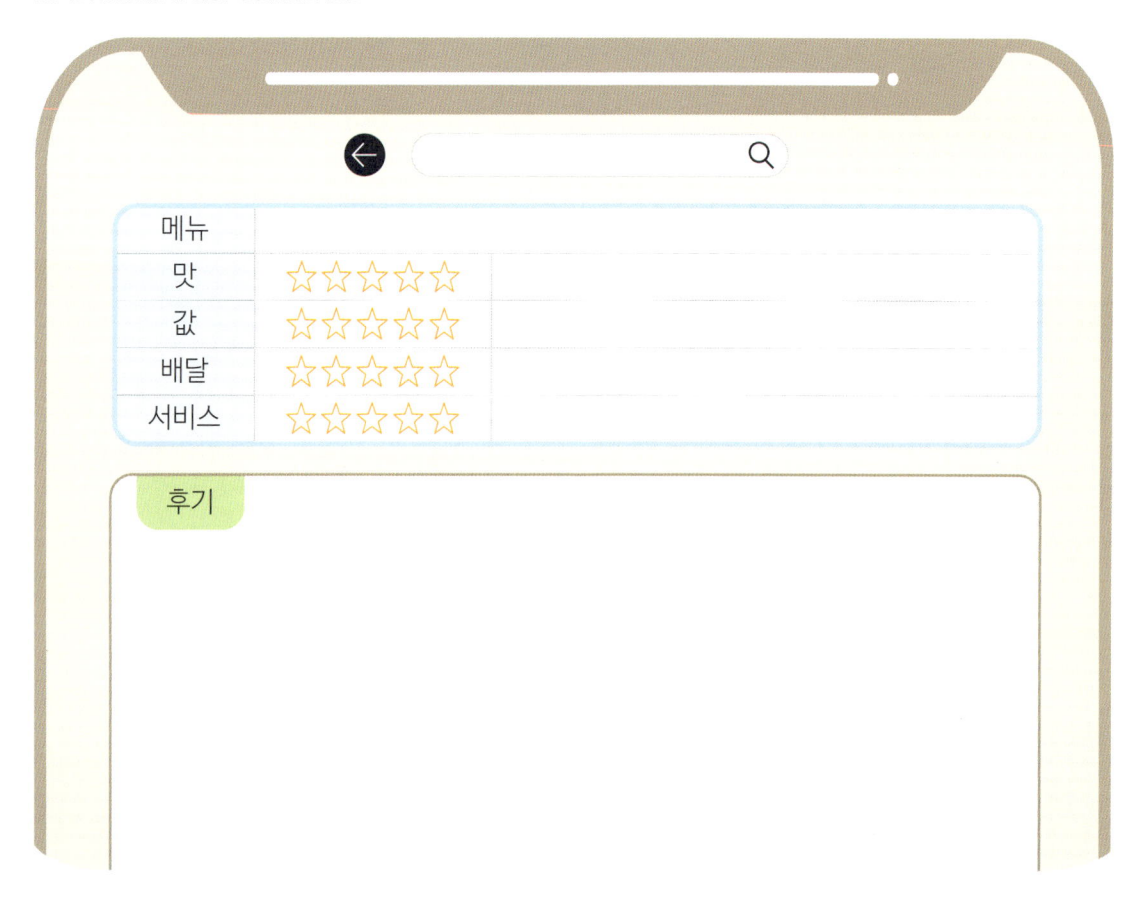

메뉴	
맛	☆☆☆☆☆
값	☆☆☆☆☆
배달	☆☆☆☆☆
서비스	☆☆☆☆☆

후기

課堂活動
과제

💬 **학교 근처 맛집 지도를 만들어 보세요.**
請製作學校附近的美食地圖。

活動學習單 P.166

1 학교 근처에 있는 식당 중에서 자주 가는 곳이 있어요? 그 식당에 대해서 메모해 보세요.
在學校附近的餐廳中，你最常去哪裡呢？請針對那些餐廳撰寫筆記。

보기

식당 이름	사랑식당	음식 종류	한식
추천 메뉴	비빔밥, 순두부찌개	서비스	★★★☆☆
맛	★★★★★	교통	★★★★★
값	★★★★★	분위기	★☆☆☆☆
기타	고기를 못 먹는 사람은 직원에게 먼저 이야기하세요. 고기를 빼고 줄 거예요.		

2 칠판에 학교를 그리고 그 옆에 1의 메모를 붙이세요.
請在黑板上畫出學校，將上述1的筆記貼在旁邊。

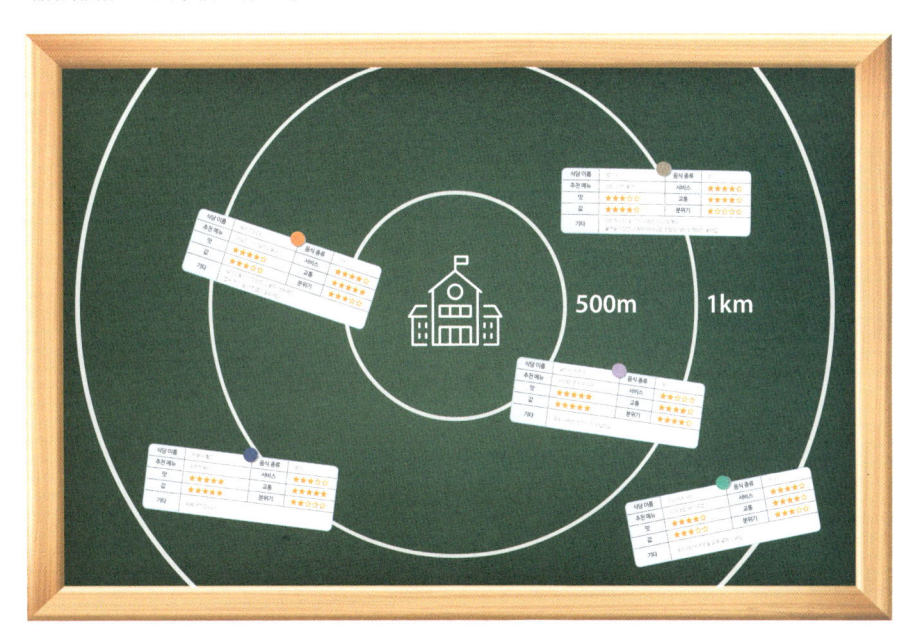

빼다 拿掉、減去

11-2. 제가 먹어 본 냉면 중에서 제일 맛있었어요

과제

3. 친구들에게 그 식당을 소개해 보세요.
請對朋友介紹那些餐廳。

> 여기는 제가 자주 가는 사랑식당인데 한식을 파는 곳이에요. 이 식당의 음식은 다 맛있지만 그중에서 … .

4. 3~4명이 모여서 같이 갈 식당을 골라 보세요.
請三到四人為一組,一起選擇要去的餐廳。

> 우리 오늘 같이 점심 먹을까요?

> 좋아요. 날씨가 추운데 따뜻한 삼계탕을 먹으러 갈래요?

> 그런데 자밀라 씨가 고기를 못 먹으니까 … .

5. 친구들과 고른 식당에 같이 가서 맛있게 드세요.
請和朋友到選定的餐廳享用餐點。

文化 문화

한국의 반찬 문화를 알아요?
你知道韓國的小菜文化嗎?

한국 식당에서 주문하지 않았는데 주는 음식이 있었어요? 뭘 줬어요?
그 음식을 더 먹고 싶으면 어떻게 해야 돼요?

↳ 여러분 나라의 식당에도 무료로 주는 음식이 있어요?

발음 發音

두 단어를 함께 발음하는 경우 앞 단어의 마지막 음절 받침소리가 [ㄷ]이고 뒤에 오는 단어가 'ㄴ, ㅁ, ㅇ'으로 시작하면 받침소리 [ㄷ]은 [ㄴ]으로 발음합니다.
當兩個單字連讀,前面單字的最後音節終聲為[ㄷ],後面的單字以「ㄴ、ㅁ、ㅇ」開頭時,終聲[ㄷ]讀為[ㄴ]。

예)
가: 우리 떡볶이 먹을까요?
나: 미안해요. 저는 매운 거 잘 못 먹어요.

가: 몇 분이세요?
나: 다섯 명이에요.

자기 평가 自我評量

☐ 좋아하는 한국 음식이 뭐예요? 그 음식은 맛이 어때요?
☐ 자주 가는 식당이 어디예요? 거기에 왜 자주 가요?

반찬 小菜

11-2. 제가 먹어 본 냉면 중에서 제일 맛있었어요 51

12 외모와 성격 外表和性格

12-1 까만 스웨터를 입고 있어요

12-2 제 친구는 바다처럼 마음이 넓습니다

1 어떤 옷을 자주 입어요?
2 어떤 사람을 좋아해요?

어휘 12-1 까만 스웨터를 입고 있어요
身穿黑色的毛衣

색깔/색

까만색/검은색

회색

하얀색/흰색

노란색

빨간색

파란색

초록색/녹색

보라색

주황색

갈색

분홍색

하늘색

색깔/색 顏色	까만색/검은색 黑色	하얀색/흰색 白色	회색 灰色	빨간색 紅色
노란색 黃色	파란색 藍色	초록색/녹색 綠色	보라색 紫色	주황색 橘色
갈색 棕色	분홍색 粉紅色	하늘색 天藍色		

이야기해 보세요

▶ 무슨 색을 좋아해요?
▶ 오늘 뭘 입었어요?

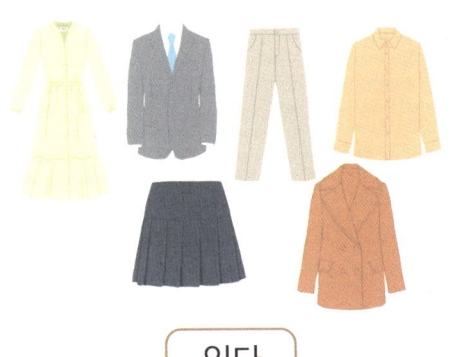

입다

신다

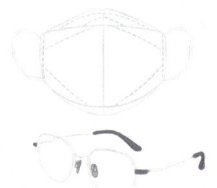

끼다

쓰다

하다

메다

끼다 戴（戒指、眼鏡等）　　하다 戴（領帶、圍巾等）　　메다 揹（背包）

12-1. 까만 스웨터를 입고 있어요

會話 말하기 12-1

말하기 1 친구와 연습해 보세요.
請和朋友練習看看。

가: 누나, 이 까만 운동화 어때?
나: 글쎄. 그 청바지하고 잘 안 어울리는 것 같아.
가: 그럼 하얀 거 신을까?
나: 그래. 그게 더 좋을 것 같네.

1) 파랗다, 가방 / 스웨터 / 하얗다, 메다
2) 노랗다, 넥타이 / 양복 / 파랗다, 하다
3) 빨갛다, 장갑 / 코트 / 까맣다, 끼다

말하기 2 친구와 연습해 보세요.
請和朋友練習看看。

가: 여기 초록색 티셔츠를 입고 있는 아이가 안나 씨예요?
나: 아니요. 그건 우리 언니예요.
가: 그럼 누가 안나 씨예요?
나: 그 옆에 노란색 모자를 쓰고 있는 아이가 저예요.

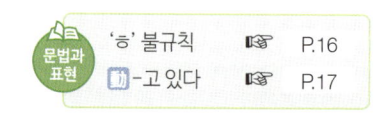

1) 보라색 원피스를 입다 / 분홍색 가방을 메다
2) 회색 안경을 끼다 / 갈색 모자를 쓰다
3) 초록색 목도리를 하다 / 하늘색 장갑을 끼다

문법과 표현
'ㅎ' 불규칙 ☞ P.16
-고 있다 ☞ P.17

글쎄 這個嘛　　청바지 牛仔褲　　장갑 手套　　목도리 圍巾

말하기 3 **친구와 이야기해 보세요.**
請和朋友說說看。

제니: 하이 씨, 저 사람이 누구예요?

하이: 누구요? 조금 전까지 저하고 이야기한 사람이요?

제니: 네. 까만 스웨터를 입고 있는 남자요.

하이: 까만 스웨터에 회색 가방 메고 있는 사람이요?

제니: 네. 맞아요.

하이: 아, 제 동아리 선배예요.

제니: 그래요? 어디에서 본 것 같은데 기억이 잘 안 나서 물어봤어요.

하이: 선배가 학교 앞 카페에서 아르바이트를 해요. 아마 거기에서 봤을 거예요.

발음
- 회색 가방
  [회색까방]

1) 까만색 스웨터, 입다
   회색 가방, 메다

2)

3)

동아리 社團   선배 前輩、學長姐   기억이 나다 記得

12-1. 까만 스웨터를 입고 있어요 57

聽力
듣기 12-1

준비 친구는 오늘 옷차림이 어때요?
朋友今天的穿著如何？

듣기 1 백화점 안내 방송입니다. 잘 듣고 맞으면 ○, 틀리면 × 하세요.
以下是百貨公司的廣播。聽完後，正確請打○，錯誤請打×。

1) 아이는 노란색 가방을 메고 있습니다. ( )
2) 아이는 안내 데스크 직원과 함께 있습니다. ( )

아이 때 어떤 옷을 좋아했어요?
你小時候喜歡穿什麼樣的衣服？

저는 아이 때 노란색 코끼리 티셔츠를 좋아해서 날마다 입었어요.

안내 데스크 詢問台   코끼리 大象

준비 다음 상황에서 어떤 옷을 입고 가는 것이 좋아요?
以下場合應該穿什麼樣的衣服去才好呢？

듣기 2 엥흐와 아야나의 대화입니다. 잘 듣고 질문에 답해 보세요.
以下是恩和和阿雅娜的對話。聽完後請回答問題。

1 여자는 왜 창피했어요?

2 맞는 것을 고르세요.

① 여자는 시간이 없어서 옷을 못 갈아입었습니다.
② 여자는 친구가 옷을 잘못 입어서 기분이 안 좋았습니다.
③ 여자는 장례식장에서 친구가 옆에 있어서 힘이 났습니다.

언제 옷을 잘못 입은 것 같았어요?
你覺得自己什麼時候好像穿錯衣服了？

> 지난주에 면접에 갔는데 다른 사람들은 어두운색 정장을 입고 왔어요. 그런데 저만 빨간 원피스를 입고 가서 사람들이 쳐다봤어요.

창피하다 丟臉的   돌아가시다 過世   장례식장 靈堂   갈아입다 換穿
힘이 나다 充滿幹勁   면접 面試   정장 西裝   쳐다보다 盯著看

12-1. 까만 스웨터를 입고 있어요

12-2 제 친구는 바다처럼 마음이 넓습니다
我朋友的心胸像大海一樣寬廣

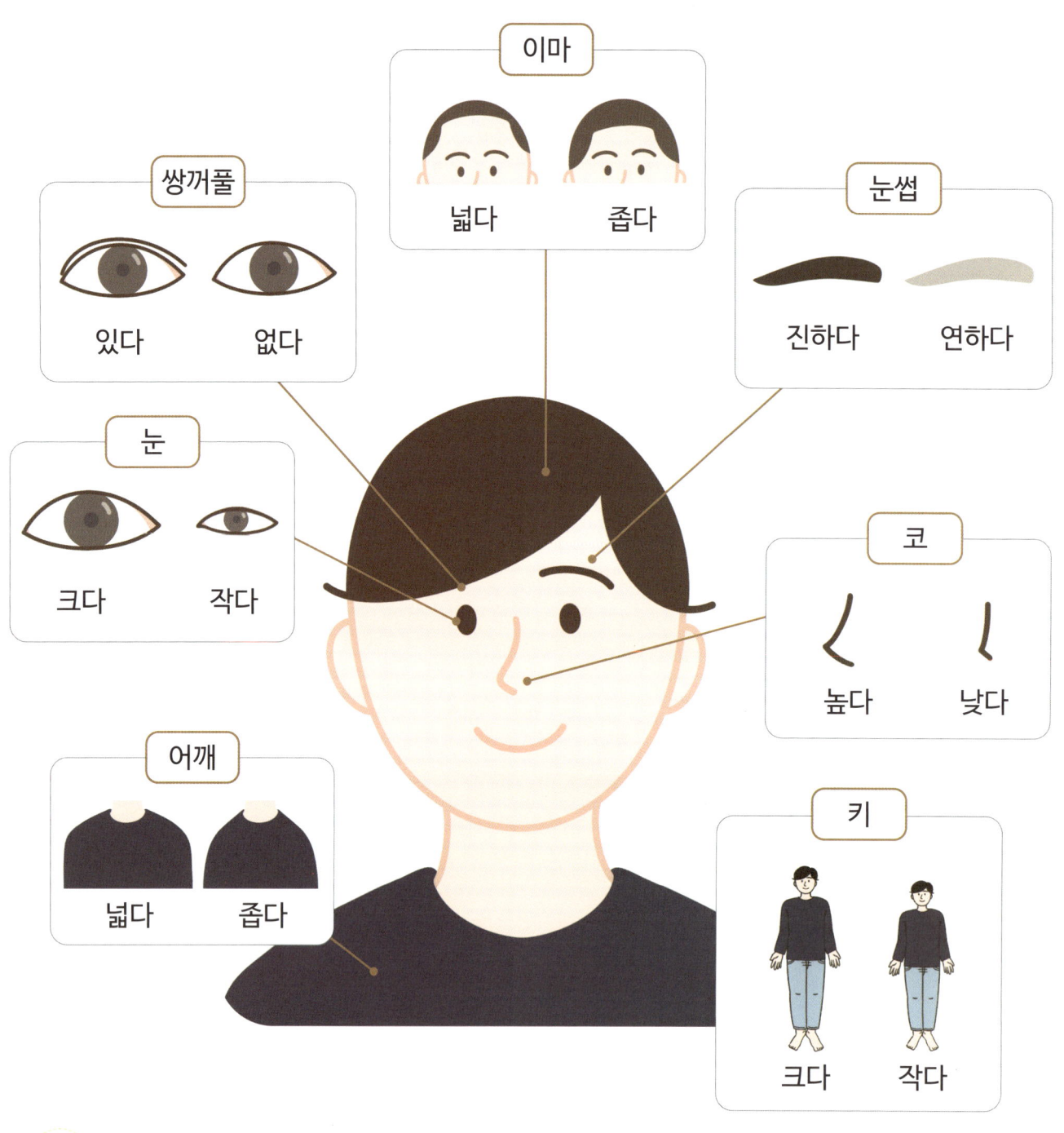

이마: 넓다 / 좁다

쌍꺼풀: 있다 / 없다

눈썹: 진하다 / 연하다

눈: 크다 / 작다

코: 높다 / 낮다

어깨: 넓다 / 좁다

키: 크다 / 작다

이마가 넓다/좁다 額頭寬的 / 窄的
쌍꺼풀이 있다/없다 有 / 沒有雙眼皮
눈썹이 진하다/연하다 眉毛濃密的 / 稀疏的
어깨가 넓다/좁다 肩膀寬的 / 窄的

이야기해 보세요

▶ 여러분의 외모가 어때요?
▶ 여러분의 성격이 어때요?

활발하다	내성적이다
부지런하다	게으르다
성격이 급하다 / 느긋하다	착하다

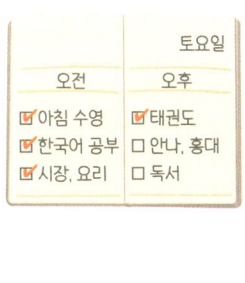

활발하다 活潑的 내성적이다 內向的 부지런하다 勤奮的
게으르다 懶惰的 성격이 급하다 性格急躁的 느긋하다 從容的
착하다 善良的

12-2. 제 친구는 바다처럼 마음이 넓습니다

읽기 12-2

준비 여러분은 누구와 닮았어요? 어디가 닮았어요?
你長得像誰呢？哪裡相像？

읽기 1 민우 친구의 에스엔에스(SNS)입니다. 잘 읽고 빈칸에 알맞은 그림을 고르세요.
以下是民佑朋友的社群貼文（SNS）。讀完後，請選出符合空白處的圖片。

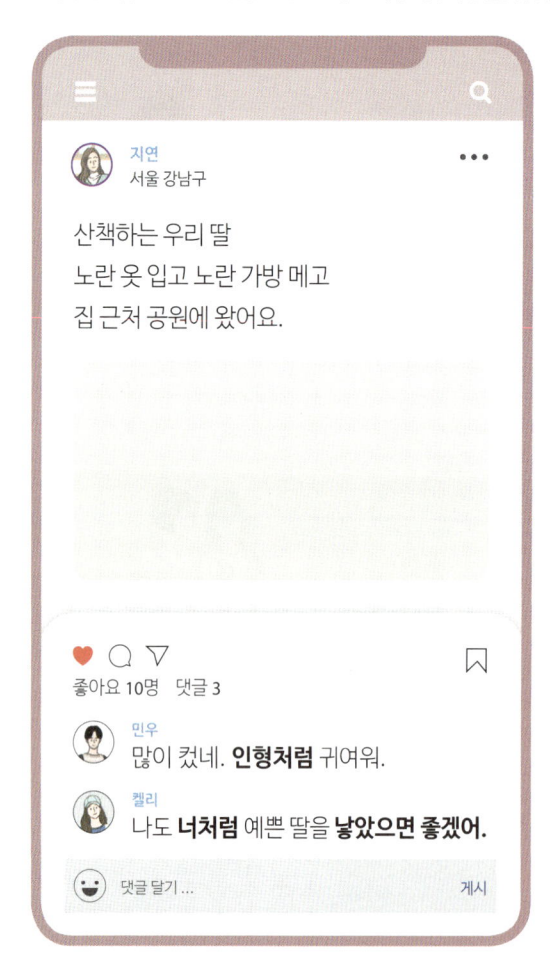

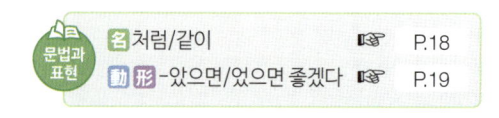

지연
서울 강남구

산책하는 우리 딸
노란 옷 입고 노란 가방 메고
집 근처 공원에 왔어요.

좋아요 10명   댓글 3

민우
많이 컸네. **인형처럼** 귀여워.

켈리
나도 **너처럼** 예쁜 딸을 **낳았으면 좋겠어**.

댓글 달기...   게시

① ② ③

문법과 표현
名 처럼/같이 ☞ P.18
動 形 -았으면/었으면 좋겠다 ☞ P.19

댓글 留言   크다 長大   낳다 生產

읽기 2 자밀라의 글입니다. 잘 읽고 질문에 답해 보세요.
以下是賈蜜拉的文章。讀完後請回答問題。

내 친구 나타샤

저와 가장 친한 친구의 이름은 나타샤입니다. 우리는 초등학생 때 같은 반이었는데 옆집에 살아서 **가족처럼** 지냈습니다.

우리는 키도 비슷하고 얼굴도 닮았습니다. 저와 나타샤는 모두 눈이 크고 코가 높습니다. 눈썹도 진합니다.

하지만 우리는 성격이 매우 다릅니다. 나타샤는 활발하지만 저는 내성적입니다. 그래서 저는 친구들이 많지 않지만 나타샤는 친구들이 많습니다. 나타샤는 착하고 **바다처럼** 마음이 넓어서 같이 있으면 항상 마음이 편합니다.

지금 제가 한국에 있어서 나타샤를 오랫동안 못 만났습니다. 나타샤가 한국에 빨리 **왔으면 좋겠습니다**. 나타샤가 오면 같이 맛있는 음식도 먹고 쇼핑도 하고 싶습니다.

1 왜 이 글을 썼어요? 맞는 것을 고르세요.

① 친구를 소개하려고   ② 친구를 초대하려고   ③ 친구를 추천하려고

2 맞는 것을 고르세요.

① 자밀라와 친구는 외모가 비슷합니다.
② 자밀라의 친구는 지금 한국에 있습니다.
③ 자밀라와 친구는 초등학생 때 같이 살았습니다.

💬 **가장 친한 친구를 언제, 어디에서 처음 만났어요?**
你第一次見到最要好的朋友是在什麼時候？在哪裡呢？

> 저와 제일 친한 친구는 뚜안인데 고등학생 때 같은 반에서 공부했어요. 뚜안은 형처럼 저를 잘 도와줘요. …

| 가장 最 | 초등학생 小學生 | 때 時候 | 반 班級 | 옆집 隔壁鄰居 |
| 비슷하다 相似的 | 닮다 相像 | 매우 非常 | 외모 外表 | 고등학생 高中生 |

12-2. 제 친구는 바다처럼 마음이 넓습니다

쓰기 寫作 12-2

준비 가장 친한 친구에 대해서 메모해 보세요.
請針對你最要好的朋友撰寫筆記。

친구와의 만남	친구 이름이 뭐예요?
	어떻게 만났어요?
	같이 뭐 했어요?
친구의 외모와 성격	친구는 얼굴이 어떻게 생겼어요? 여러분하고 비슷해요? 달라요?
	친구는 성격이 어때요? 여러분하고 비슷해요? 달라요?
친구에게 바라는 것	친구에게 바라는 것이 있어요? 친구와 뭐 하고 싶어요?

쓰기 가장 친한 친구를 소개하는 글을 써 보세요.
請撰寫文章介紹你最要好的朋友。

만남 見面   생기다 長相   바라다 希望

課堂活動
과제

💬 **이상형을 찾아보세요.**
尋找你的理想型。

1 나의 이상형에 표시해 보세요.
請勾選你的理想型。

나의 이상형

성별	☐ 남자	☐ 여자
외모	☐ 눈이 크다 ☐ 쌍꺼풀이 있다 ☐ 코가 높다 ☐ 머리가 길다 ☐ _____	☐ 눈이 작다 ☐ 쌍꺼풀이 없다 ☐ 코가 낮다 ☐ 머리가 짧다 ☐ _____
성격	☐ 활발하다 ☐ 부지런하다 ☐ _____	☐ 내성적이다 ☐ 성격이 느긋하다 ☐ _____

2 어떤 사람을 만나고 싶어요? 친구에게 나의 이상형에 대해서 이야기해 보세요.
你想認識什麼樣的人呢？請對朋友說說你的理想型。

- 아야나 씨는 어떤 사람을 만나고 싶어요?
- 그럼 어떻게 생긴 사람이 좋아요?

- 저는 좀 내성적이니까 활발한 사람을 만났으면 좋겠어요.
- 저는 눈이 작고 쌍꺼풀이 없는 사람이 좋아요.

이상형 理想型

과제 / 課堂活動

3 친구의 이상형을 들으면서 메모하세요.
請一邊聽朋友的理想型，一邊筆記下來。

_____ 씨의 이상형

성별	☐ 남자	☐ 여자
외모		
성격		

4 주변 사람이나 유명한 사람 중에서 친구의 이상형에 맞는 사람을 찾아보세요.
그리고 친구에게 그 사람의 사진을 보여 주면서 소개해 주세요.
請從身邊朋友或名人中，尋找符合朋友理想型的人。再將那個人的照片拿給朋友看，並且介紹那個人。

> 아야나 씨, 제 친구 중에 괜찮은 친구가 있는데 한번 만나 볼래요?

> 제 대학원 친구인데 활발하고 재미있어요.

> 어떤 사람인데요?

문화 文化

이 동물의 성격이 어떨까요?
你認為這些動物的性格怎麼樣呢?

이야기에 자주 나오는 동물들이에요. 이 동물의 성격이 어떨까요?

| 느긋해요 | 똑똑해요 | 부지런해요 | 급하고 무서워요 |

➡ 여러분 나라에도 이런 성격을 가진 동물이 있어요?

발음 發音

두 단어를 함께 발음하는 경우 앞 단어의 마지막 음절 받침소리가 [ㄱ]이고 뒤에 오는 단어가 'ㄱ, ㄷ, ㅂ, ㅅ, ㅈ'으로 시작하면 [ㄲ, ㄸ, ㅃ, ㅆ, ㅉ]로 발음합니다.
當兩個單字連讀,前面單字的最後音節終聲為[ㄱ],後面的單字以「ㄱ、ㄷ、ㅂ、ㅅ、ㅈ」開頭時,讀為[ㄲ、ㄸ、ㅃ、ㅆ、ㅉ]。

예 가: 무슨 색 가방을 멨어요?
나: 회색 가방을 멨어요.

가: 동생이 누구예요?
나: 저기 파란색 바지를 입고 있는 사람이에요.

자기 평가 自我評量

☐ 오늘 어떤 옷을 입었어요?
☐ 여러분의 이상형은 어떤 사람이에요?

13

감정 情感

13-1 너무 속상하겠어요

13-2 친구들과 친해지고 싶습니다

1 이 사람들은 기분이 어떤 것 같아요?
2 여러분의 마음을 잘 아는 좋은 친구가 있어요?

어휘 13-1 너무 속상하겠어요
你肯定很難過

기분이 좋다

기쁘다

신나다

즐겁다

외롭다

답답하다

기쁘다 快樂的　　신나다 興奮的　　즐겁다 開心的
외롭다 孤單的　　답답하다 鬱悶的

이야기해 보세요

▶ 언제 기분이 좋아요?
▶ 왜 속상해요?

속상하다

창피하다

짜증이 나다

화나다

긴장되다

걱정되다

| 속상하다 傷心的 | 화나다 生氣 | 짜증이 나다 煩躁 |
| 창피하다 丟臉的 | 긴장되다 緊張 | 걱정되다 擔心 |

13-1. 너무 속상하겠어요

말하기 13-1

말하기 1 친구와 연습해 보세요.
請和朋友練習看看。

가: 요즘 너무 짜증이 나요.
나: 왜요? 무슨 일 있어요?
가: 아르바이트 때문에 매일 집에 늦게 가요.
　　좀 쉬었으면 좋겠어요.
나: 너무 무리하지 말고 주말에는 좀 쉬세요.

1) 스트레스가 많다 / 시험 / 공부만 하다
2) 피곤하다 / 회사 일 / 일찍 일어나다
3) 힘들다 / 숙제 / 늦게 자다

말하기 2 친구와 연습해 보세요.
請和朋友練習看看。

가: 무슨 좋은 일 있어요? 기분이 아주 좋아 보여요.
나: 네. 주말에 가족들하고 제주도에 여행 가기로 했어요.
가: 와, 좋겠어요.
나: 네. 정말 기대돼요.

1) 친구하고 놀이공원에 가다 / 재미있다
2) 부모님이 한국에 오시다 / 기쁘다
3) 친구들하고 우리 집에서 놀다 / 신나다

> 문법과 표현
> 名 때문에　☞ P.20
> 動形 -겠-　☞ P.21

기대되다 期待　놀이공원 遊樂園

말하기 3 친구와 이야기해 보세요.
請和朋友說說看。

다니엘: 유진 씨, 기분이 안 좋아 보여요.
유 진: 네. 동생 때문에 너무 짜증이 나요.
다니엘: 왜요? 무슨 일 있었어요?
유 진: 동생이 제가 제일 아끼는 신발을 몰래 신고 나갔어요.
다니엘: 정말요? 너무 속상하겠어요.
유 진: 이번이 처음이 아니라서 더 화가 나요.
다니엘: 제 동생도 자주 그래서 저하고 많이 싸웠어요. 동생하고 이야기 좀 해 보는 게 어때요?
유 진: 네. 오늘 이야기해 볼게요.

발음
- 신고
  [신꼬]

1)  짜증이 나다
   동생, 신발을 몰래 신고 나가다

2)

3)

아끼다 珍惜　　몰래 偷偷地

13-1. 너무 속상하겠어요

듣기 聽力 13-1

준비 스트레스 받는 일이 있어요?
有什麼事讓你感到壓力嗎？

듣기 1 나나와 하이의 대화입니다. 잘 듣고 맞는 것을 고르세요.
以下是娜娜和阿海的對話。聽完後請選出正確的答案。

① 남자는 회사 일을 잘 끝내서 신났습니다.
② 남자는 다음 주에 여자와 함께 강릉에 갈 것입니다.
③ 남자는 회사에 일이 많아서 여행 갈 시간이 없었습니다.

스트레스를 받으면 어떻게 해요?
感到壓力的時候，你會怎麼做呢？

휴가를 내다 請假　　벌써 已經　　끝내다 結束

준비 **친구가 여러분의 고민을 듣고 어떻게 해 줬으면 좋겠어요?**
你希望朋友聽完你的煩惱後，可以為你做什麼呢？

듣기 2 **뉴스 인터뷰입니다. 잘 듣고 질문에 답해 보세요.**
以下是新聞採訪。聽完後請回答問題。

1 뭐에 대해서 인터뷰하고 있어요? 맞는 것을 고르세요.

① 아이와 주말을 보내는 법
② 아이와 대화를 잘하는 법
③ 아이의 성적을 올리는 법

2 "친구하고 싸워서 너무 화가 나요."라는 말을 들으면 먼저 뭐라고 말하는 것이 좋아요? 알맞은 대답을 고르세요.

① 그 친구하고 놀지 마.
② 친구 때문에 정말 속상하겠네.
③ 그 친구에게 먼저 연락하는 게 어때?

화가 나거나 속상한 일이 있어요? 친구와 이야기해 보세요.
有什麼事讓你生氣或傷心的嗎？請和朋友說說看。

> 시험을 잘 못 봐서 속상해요.

> 정말 속상하겠어요.

인터뷰 採訪   행복 幸福   연구소 研究中心   대화를 하다 對話   성적 成績   조언하다 建議
알아주다 認可   중요하다 重要的   올리다 提升

13-1. 너무 속상하겠어요 75

친구들과 친해지고 싶습니다
我想和朋友變熟

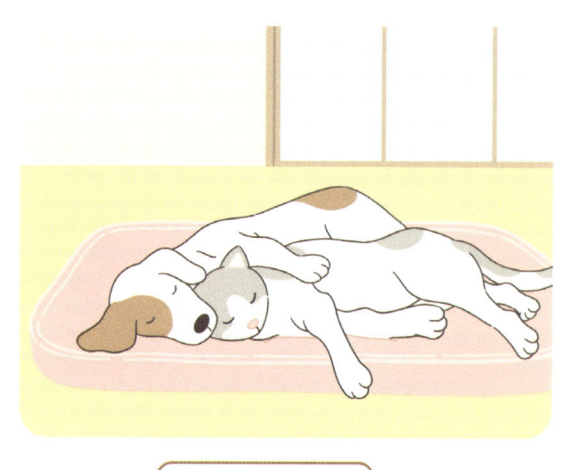

사이가 가깝다

사이가 멀다

사이가 좋다

사이가 나쁘다

사이가 가깝다/멀다 關係親近的 / 疏遠的   사이가 좋다/나쁘다 關係良好的 / 不好的

이야기해 보세요

▶ 어떤 친구가 있어요?
▶ 친구하고 무슨 일이 있었어요?

초콜릿 안 먹었어요.

거짓말하다

싸우다

부탁하다

거절하다

사귀다

헤어지다

거짓말하다 說謊　　싸우다 吵架　　부탁하다 拜託
거절하다 拒絕　　사귀다 交往　　헤어지다 分手

13-2. 친구들과 친해지고 싶습니다　77

읽기 閱讀 13-2

준비 어떤 고민이 있어요?
你有什麼煩惱嗎？

읽기 1 책 광고입니다. 잘 읽고 질문에 답해 보세요.
以下是書籍廣告。讀完後請回答問題。

❖ 이 책을 읽으면 좋을 것 같은 사람은 누구예요? 모두 고르세요.

> **직장 생활을 바꾸는 말**
>
> 직장에서 점심시간마다 동료들과 같이 식사하는 게 불편하신가요? 동료들과 사이가 좋지 않아서 고민이신가요? 어려운 부탁을 거절하는 방법을 알고 싶으신가요?
> 직장 생활이 **힘들 때** 이 책을 한번 읽어 보세요. 여러분의 직장 생활을 바꿀, 쉽고 놀라운 대화 방법이 이 책에 있습니다.

① 직장 생활에 익숙해진 사람
② 부탁을 거절하지 못해서 힘든 사람
③ 직장 동료들과 친해지는 것이 어려운 사람

문법과 표현
動 形 -(으)ㄹ 때   P.22~23
形 -아지다/어지다   P.24

직장 職場   점심시간 午休時間   동료 同事   놀랍다 受驚嚇的   익숙하다 熟悉的

읽기 2 **하이의 글입니다. 잘 읽고 질문에 답해 보세요.**
以下是阿海的文章。讀完後請回答問題。

저는 처음 한국에 **왔을 때** 친구가 없어서 많이 외로웠습니다. 같이 한국어를 배우는 반 친구들과 **친해지고** 싶었습니다. 그런데 한국어도 잘 못하고 성격도 내성적이라서 친구들과 이야기하는 것이 불편했습니다. 그래서 친구들에게 매일 좋은 말을 하나씩 해 주기로 했습니다. '제니 씨는 한국어를 정말 잘하네요.', '저도 에릭 씨처럼 운동을 잘했으면 좋겠어요.', '나나 씨는 참 친절하네요.'
　　이렇게 좋은 말로 이야기를 시작하니까 분위기가 **편안해져서** 친구들과 더 **가까워졌습니다**. 여러분도 친해지고 싶은 사람이 있으면 매일 그 사람에게 좋은 말을 하나씩 해 보세요.

1 빈칸에 들어갈 제목으로 알맞은 것을 고르세요.

① 성격을 바꾸는 법　　② 매일 좋은 말을 하는 법　　③ 사람들하고 친해지는 법

2 맞는 것을 고르세요.

① 하이는 한국어를 배우면서 좋은 말을 많이 들었습니다.
② 하이는 처음 한국에 왔을 때 친구를 사귀고 싶지 않았습니다.
③ 하이는 성격 때문에 반 친구들과 이야기하는 것이 힘들었습니다.

💬 **여러분은 친구들과 어떻게 친해졌어요?**
你和朋友們怎麼變熟的？

> 저는 한국에 처음 왔을 때 친구가 없었어요. 반 친구들하고 빨리 친해지고 싶어서 친구들의 이름을 외우고 아침마다 먼저 인사했어요. …

편안하다 舒適的

寫作 쓰기 13-2

준비 친구와 잘 지내는 좋은 방법이 있어요? 아래에서 하나를 골라 메모해 보세요.
你有什麼跟朋友和睦相處的好方法嗎？請從下面選出一個筆記下來。

☐ 친구를 사귀는 법   ☐ 싸운 친구와 다시 잘 지내는 법

친구 관계의 문제	언제
	누구와
	무슨 일이 있었어요?
문제 해결 방법	뭐 했어요? • 무슨 말을 했어요? • 어떤 행동을 했어요?
결과	어떻게 되었어요?

쓰기 나의 경험을 바탕으로 친구와 잘 지낼 수 있는 좋은 방법을 써 보세요.
請根據自己的經驗，寫下可以跟朋友和睦相處的好方法。

관계 關係   해결 解決   행동 行動、行為   결과 結果

과제
課堂活動

活動學習單 P.167

💬 **친구와 함께 문제 해결 방법을 찾아보세요.**
請和朋友一起找出解決問題的方法。

1 그림 카드를 한 장 골라서 그림 속 사람이 되어 이야기해 보세요.
請選出一張圖卡,扮演圖中人物說說看。

옆집 사람 때문에 너무 힘들어요.
아침부터 밤까지 하루 종일 피아노를 쳐요.

짜증 나겠어요.

정말 힘들겠어요.

2 여러분도 비슷한 경험이 있나요? 여러분의 경험을 친구와 이야기해 보세요.
你也有過類似的經驗嗎?請和朋友說說看你的經驗。

저도 친구 때문에 ….

정말 속상했겠어요.

하루 종일 整天

13-2. 친구들과 친해지고 싶습니다

과제

3 그럴 때 어떻게 하면 괜찮아지나요? 좋은 해결 방법을 이야기해 보세요.

那種時候該怎麼做才能改善情況？請說說看你的解決之道。

> 저는 친구와 싸웠을 때 ….

> 좋은 방법이에요. 그렇게 하면 사이가 좋아질 것 같아요.

문화 文化

한국 사람들은 언제 이런 말을 할까요?
韓國人什麼時候會這樣說？

한국 사람들은 언제 이런 말을 할까요?

와

아이고

휴

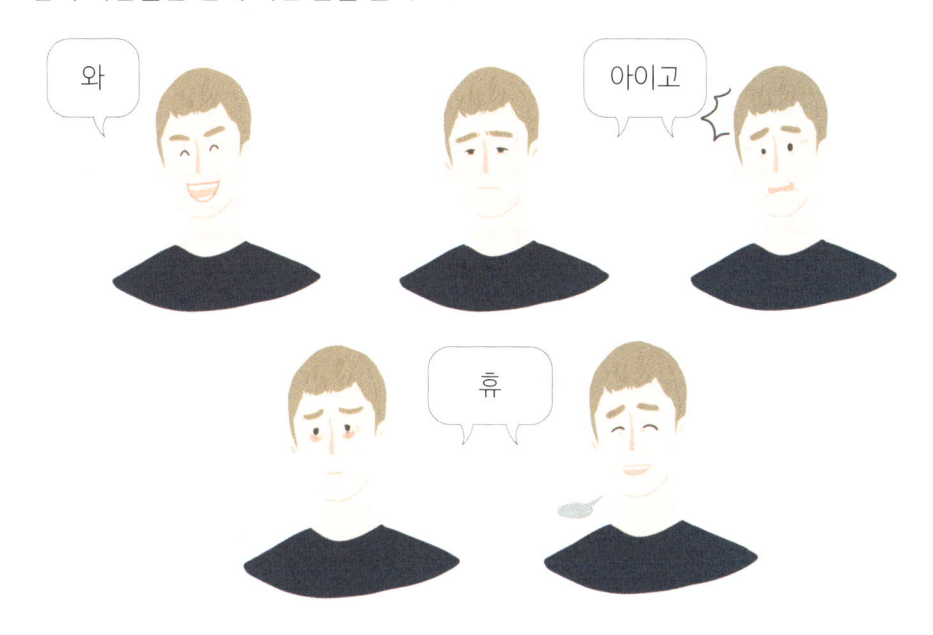

▶ 여러분 나라에서는 기쁘거나 슬플 때 어떤 말을 해요?

발음 發音

31

받침 'ㄴ, ㅁ'으로 끝나는 동사, 형용사 뒤에 오는 'ㄱ, ㄷ, ㅅ, ㅈ'은 [ㄲ, ㄸ, ㅆ, ㅉ]로 발음합니다.
「ㄱ、ㄷ、ㅅ、ㅈ」接在終聲以「ㄴ、ㅁ」結尾的動詞、形容詞後面時，讀為[ㄲ、ㄸ、ㅆ、ㅉ]。

예)
가: 기분이 안 좋아 보이네요.
나: 네. 동생이 제 신발을 신고 나가서 짜증이 났어요.

가: 동생과 닮았어요?
나: 아니요. 별로 닮지 않았어요.

자기 평가 自我評量

☐ 언제 기분이 안 좋아요?

☐ 어떻게 하면 기분이 좋아져요?

13-2. 친구들과 친해지고 싶습니다　83

14 인생 人生

14-1 대학교에 입학하게 됐어요

14-2 고마운 사람을 만난 적이 있습니다

1 이 사람들에게 무슨 일이 있었을까요?
2 지금까지 살면서 뭐가 제일 좋았어요?

14-1 어휘 | 대학교에 입학하게 됐어요
我進大學就讀了

축 입학

입학하다

태어나다

사랑에 빠지다

졸업하다

취직하다

인

인생 人生　　태어나다 出生　　사랑에 빠지다 墜入愛河
졸업하다 畢業

이야기해 보세요

▶ 여러분의 인생에 어떤 일이 있었어요?

생

- 죽다
- 은퇴하다
- 승진하다
- 아이를 키우다
- 아기를 낳다
- 결혼하다

결혼하다 結婚 아기를 낳다 生小孩 아이를 키우다 養育小孩
승진하다 升遷 은퇴하다 退休 죽다 死亡

14-1. 대학교에 입학하게 됐어요

말하기 14-1 會話

말하기 1 친구와 연습해 보세요.
請和朋友練習看看。

가: 오랜만이야. 그동안 잘 지냈어?
나: 응. 잘 지냈어. 너도 별일 없지?
가: 난 내년에 대학교에 입학하게 됐어.
나: 와, 정말 축하해.

1) 가을
2) 이번
3) 다음 달

오랜만에 만났을 때
久違相見時
오랜만이에요. / 별일 없으시지요?
그동안 잘 지냈어요? / 요즘 어떻게 지내세요?

말하기 2 친구와 연습해 보세요.
請和朋友練習看看。

가: 안녕하세요, 아저씨.
나: 안녕하세요, 에릭 씨. 요즘 어떻게 지내요?
가: 아저씨께서 도와주신 덕분에 잘 지내고 있어요.
나: 다행이에요. 무슨 일 있으면 연락하세요.

1) 선생님 / 가르쳐 주다 / 대학 생활을 잘하다
2) 사장님 / 소개해 주다 / 아르바이트를 잘하다
3) 아주머니 / 챙겨 주다 / 잘 살다

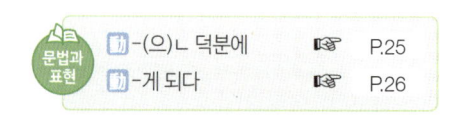

문법과 표현
-(으)ㄴ 덕분에 ☞ P.25
-게 되다 ☞ P.26

아저씨 大叔   다행이다 幸好   사장님 社長、老闆   아주머니 大媽   챙기다 照顧

말하기 3 친구와 이야기해 보세요.
請和朋友說說看。

발음
- 입학하게 됐어요
  [이파카게]
- 축하해요
  [추카해요]

다니엘: 여보세요, 나나 씨. 오랜만이에요.

나 나: 오랜만이에요, 다니엘 씨. 그동안 잘 지냈어요?

다니엘: 네. 저는 대학원 공부 때문에 바쁘지만 잘 지내고 있어요. 나나 씨는요?

나 나: 저도 잘 지내고 있어요. 좋은 소식이 있어서 다니엘 씨에게 제일 먼저 전화했어요.

다니엘: 그래요? 무슨 일인데요?

나 나: 이번에 대학원에 입학하게 됐어요.

다니엘: 와, 잘됐네요. 축하해요.

나 나: 다니엘 씨가 서류 준비를 도와준 덕분에 입학할 수 있었어요. 정말 고마워요.

다니엘: 아니에요. 좋은 소식 알려 줘서 고마워요.
다시 한번 축하해요.

1) 대학원에 입학하다
   서류 준비, 도와주다

2)

3)

소식 消息

14-1. 대학교에 입학하게 됐어요

듣기 14-1

준비 어렸을 때 꿈이 뭐였어요?
你兒時的夢想是什麼呢？

듣기 1 에릭과 크리스의 대화입니다. 잘 듣고 맞으면 ○, 틀리면 × 하세요.
以下是艾瑞克和克里斯的對話。聽完後，正確請打○，錯誤請打×。

1) 크리스는 어렸을 때부터 요리사가 되고 싶었습니다. (　　)
2) 에릭은 아이들을 가르치다가 축구 선수가 되었습니다. (　　)

💬 어렸을 때 꿈과 지금의 꿈이 같아요, 달라요?
你兒時的夢想和現在的夢想一樣嗎？還是不一樣？

> 저는 어렸을 때는 트럭 운전사가 되고 싶었어요. 그런데 지금은 뉴스를 전하는 아나운서가 되고 싶어요.

트럭 卡車　　운전사 司機　　전하다 傳遞、傳達　　아나운서 主播

| 준비 | **특별히 고마운 사람이 있어요?**
你有特別感謝的人嗎?

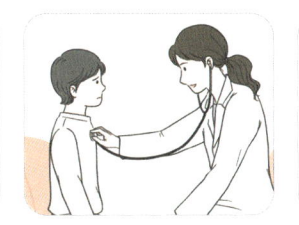

| 듣기 2 | **유진과 선배의 대화입니다. 잘 듣고 질문에 답해 보세요.**
以下是宥真和前輩的對話。聽完後請回答問題。

1 대화에 알맞은 그림을 고르세요.

① ② ③

2 맞는 것을 고르세요.

① 여자는 이번에 승진을 하게 됐습니다.
② 여자는 남자 덕분에 회사에 취직했습니다.
③ 여자는 남자에게 회사 일을 가르쳐 줬습니다.

우리 반 친구들에게 고마운 마음을 이야기해 보세요.
請對班上朋友分享你對他們的感謝。

> 저는 나나 씨 덕분에 좋은 한국 친구를 많이 사귀게 됐어요.
> 그래서 한국어도 잘하게 되고, 한국 생활도 재미있어졌어요.
> 나나 씨가 정말 고마워요.

실수하다 犯錯　　하나하나 一一地

14-1. 대학교에 입학하게 됐어요　91

어휘 14-2 고마운 사람을 만난 적이 있습니다
我見過我很感謝的人

부딪히다

넘어지다

미끄러지다

잃어버리다

놓치다

떨어뜨리다

부딪히다 撞上　　넘어지다 跌倒　　미끄러지다 滑倒
잃어버리다 遺失　　놓치다 錯過　　떨어뜨리다 弄掉

이야기해 보세요

▶ 무슨 일이 있었어요?

불이 나다

사고가 나다

고장이 나다

불이 나다 失火   사고가 나다 發生事故   고장이 나다 故障

14-2. 고마운 사람을 만난 적이 있습니다

읽기 閱讀 14-2

준비 기억에 남는 특별한 일이 있어요?
你有印象特別深刻的事嗎？

읽기 1 언어교육원 에스엔에스(SNS)입니다. 잘 읽고 맞으면 ○, 틀리면 × 하세요.
以下是語言教育院的社群貼文（SNS）。讀完後，正確請打○，錯誤請打×。

서울대학교 언어교육원

여러분 인생에서
가장 기억에 남는 일을
짧게 써 주세요.
다섯 분에게 선물을 드립니다.

좋아요 101명   댓글 32

소날
공원에서 강아지를 **잃어버린 적이 있어요**. 울면서 집에 돌아갔는데 강아지가 집 앞에서 저를 기다리고 있었어요.

마리
엘리베이터가 고장이 나서 2시간 동안 모르는 사람하고 엘리베이터 안에 있었어요. 그때 만난 사람이 지금의 제 남편이에요.

닛쿤
길에서 지갑을 떨어뜨렸는데 어떤 할머니가 제 지갑을 주워 주셨어요. 정말 감사했어요.

1) 소날은 공원에서 강아지를 찾았습니다.　　　（　　）
2) 마리는 엘리베이터에서 남편을 처음 만났습니다.　（　　）
3) 닛쿤은 길에서 지갑을 주운 적이 있습니다.　　（　　）

문법과 표현
形 -게　　　☞ P.27
動 -(으)ㄴ 적이 있다/없다　☞ P.28

기억에 남다 印象深刻　　엘리베이터 電梯　　그때 那時　　어떤 某個　　줍다 撿拾

읽기 2 라디오 프로그램 게시판입니다. 잘 읽고 질문에 답해 보세요.
以下是廣播節目的佈告欄。讀完後請回答問題。

한국에서 만난 고마운 사람

저는 한국에서 고마운 사람을 **만난 적이 있습니다**.

2년 전 어느 날, 저는 도서관에서 공부를 하다가 **밤늦게** 집에 가게 되었습니다. 그날 제 시계가 고장이 나서 시간을 잘못 알고 도서관에서 **늦게** 나왔습니다. 그래서 막차를 놓치고 집에 걸어서 가야 했습니다.

그런데 갑자기 비가 내리기 시작했습니다. 저는 우산이 없어서 당황했습니다. 그때 제 뒤에서 어떤 여학생이 저에게 "제 우산을 같이 쓸래요?"라고 물었습니다. 그 여학생은 아주 **예쁘게** 웃고 있었습니다. 2년이 지난 지금도 비가 오면 그 여학생의 웃는 모습이 생각납니다.

1 그날 무슨 일이 있었어요? 순서대로 번호를 쓰세요.

① ② ③ ④

(②) - (   ) - (   ) - (   )

2 맞는 것을 고르세요.

① 이 사람은 마지막 버스를 타지 못했습니다.
② 이 사람은 여학생에게 우산을 빌려줬습니다.
③ 이 사람의 우산은 비가 오는 날 고장이 났습니다.

기억에 남는 사람이 있어요? 그 사람에 대한 기억은 어떤 기억이에요?
你有印象深刻的人嗎?關於那個人的印象是怎麼樣的呢?

> 저는 외국에서 휴대폰을 잃어버린 적이 있어요.
> 그때 한 사람이 친절하게 ….

| 어느 날 某天 | 밤늦다 夜深的 | 그날 那天 | 막차 末班車 | 우산 雨傘 |
| 당황하다 慌張 | 모습 模樣 | 생각나다 想起 | 마지막 最後 | |

14-2. 고마운 사람을 만난 적이 있습니다

寫作 쓰기 14-2

준비 다른 사람에게 도움을 받은 적이 있어요? 메모해 보세요.
你曾經受過別人的幫助？請筆記下來。

어떤 일이 있었습니까?	언제
	어디에서
	무슨 일
누가 도와줬습니까?	도와준 사람
	해 준 일
그 사람에게 하고 싶은 말이 있습니까?	

쓰기 여러분을 도와준 고마운 사람에 대해서 글을 써 보세요.
請針對幫助過你、讓你心懷感謝的人撰寫文章。

課堂活動
과제

💬 **여러분 인생에 대해서 친구와 이야기해 보세요.**
請和朋友說說你的人生。

1 여러분의 인생에서 어떤 일이 있었어요? 표시해 보세요.
在你的人生中發生過哪些事?請勾選以下選項。

☐ 태어나다 ☐ 입학하다 ☐ 사랑에 빠지다 ☐ 졸업하다

☐ 취직하다 ☐ 결혼하다 ☐ 아기를 낳다 ☐ 승진하다

2 언제 그 일이 있었어요? 98쪽의 표에 메모해 보세요.
那些事什麼時候發生的?請筆記在98頁。

보기 언제	무슨 일이 있었어요?
2002년	서울에서 태어났어요.
2009년	초등학교에 입학했어요.
…	…

3 여러분 인생에서 기억에 남는 특별한 일이 있어요? 메모해 보세요.
在你的人生中,有沒有印象特別深刻的事?請筆記下來。

보기 언제	무슨 일이 있었어요?	기억에 남는 일이 있어요?
2002년	서울에서 태어났어요.	초등학교 때 자전거 사고를 당한 적이 있어요. 다리를 다쳐서 1년 동안 운동을 못 하게 됐어요.
2009년	초등학교에 입학했어요.	
…	…	

가장 좋은 일
가장 안 좋은 일
가장 고마운 일
가장 슬픈 일

초등학교 國小   사고를 당하다 遭遇事故

언제	무슨 일이 있었어요?	기억에 남는 일이 있어요?

4 **여러분의 인생에 대해서 친구들에게 이야기해 보세요.**
請對朋友們分享你的人生。

> 저는 2002년 서울에서 태어났어요. 초등학교 때 ….

文化 문화

● '환갑잔치'라는 말을 들어 봤나요?
你聽過「花甲宴」這個詞嗎？

'환갑'은 몇 살 생일이에요?
옛날하고 지금이 뭐가 다른 것 같아요?

⇒ 여러분 나라에도 특별한 생일이 있어요?

발음 發音

받침소리 [ㄱ, ㄷ, ㅂ]은 뒤에 오는 'ㅎ'과 합쳐져서 [ㅋ, ㅌ, ㅍ]로 발음합니다.
終聲「ㄱ、ㄷ、ㅂ」和後面的「ㅎ」結合，讀為[ㅋ、ㅌ、ㅍ]。

예)
가: 이번에 서울전자에 **취직하게** 됐어요.
나: 와, 정말 **축하해요**.

가: 선생님 덕분에 **입학할** 수 있었어요.
나: 아니에요. 대학교에 가서 열심히 공부하세요.

자기 평가 自我評量

☐ 누가 제일 고마워요? 무슨 일이 있었어요?

☐ 지금까지 살면서 제일 기억에 남는 일이 뭐예요?

환갑잔치 花甲宴   환갑 花甲（60歲）

14-2. 고마운 사람을 만난 적이 있습니다

15

집 房屋

15-1 방이 넓어서 살기 좋아요

15-2 벽에 가족사진이 걸려 있습니다

1 지금 살고 있는 집을 어떻게 찾았어요?
2 지금 살고 있는 집이 마음에 들어요?

15-1 방이 넓어서 살기 좋아요
房間很大，住起來很舒適

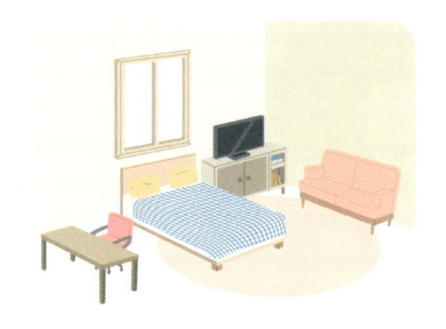

방이 넓다

월세가 싸다

시설이 좋다

교통이 편리하다

주변이 조용하다

햇빛이 잘 들어오다

집주인이 좋다

전망이 좋다

방이 넓다 房間寬敞的　　월세가 싸다 月租便宜的
시설이 좋다 設施優良的　　주변이 조용하다 附近安靜的
햇빛이 잘 들어오다 採光充足的　　집주인이 좋다 房東好的
전망이 좋다 視野良好的

이야기해 보세요

▶ 지금 사는 집은 어때요?
▶ 관리비가 얼마나 나와요?

새로 지었다	오래되다
관리비	전기 요금
가스 요금	수도 요금

새로 지었다 新蓋好
전기 요금 電費
오래되다 老舊的
가스 요금 瓦斯費
관리비 管理費
수도 요금 水費

15-1. 방이 넓어서 살기 좋아요

말하기 15-1

말하기 1 **친구와 연습해 보세요.**
請和朋友練習看看。

가: 이 집은 어떠세요? 방이 넓어서 살기 좋을 거예요.
나: 좋네요. 월세가 얼마예요?
가: 50만 원이에요.
나: 좀 비싸네요. 다른 집도 볼 수 있을까요?

1) 시설이 좋다 / 살다, 편하다 / 70만 원

2) 주변이 조용하다 / 공부하다, 좋다 / 55만 원

3) 교통이 편리하다 / 학교에 다니다, 편하다 / 90만 원

말하기 2 **친구와 연습해 보세요.**
請和朋友練習看看。

가: 이번 달에 전기 요금이 너무 많이 나왔어요.
나: 얼마 나왔는데요?
가: 5만 원이요.
나: 그거 좀 이상하네요. 우리 집은 3만 원밖에 안 나왔어요. 집주인에게 한번 물어보세요.

1) 가스 요금 / 2만 원

2) 수도 요금 / 5천 원

3) 관리비 / 3만 원

문법과 표현
動-기 形 P.29
名밖에 P.30

이상하다 奇怪的

104 서울대 한국어+ Student's Book 2B | 15. 집

말하기 3 친구와 이야기해 보세요.
請和朋友說說看。

중개인: 어서 오세요.

아야나: 안녕하세요? 집을 찾고 있는데요.

중개인: 어떤 집을 찾으세요?

아야나: 원룸을 찾고 있는데 교통이 편리했으면 좋겠어요.

중개인: 가격은 어느 정도 생각하세요?

아야나: 보증금 1,000만 원에 월세 50만 원 정도 생각하고 있어요.

중개인: 마침 좋은 집이 하나 있는데 한번 보러 가실래요?
지하철역에서 5분밖에 안 걸려요.

아야나: 방이 넓은가요?

중개인: 네. 방도 넓고 주변도 조용해서 살기 편할 거예요.

발음
- 편리했으면 좋겠어요
 [펼리해쓰면]

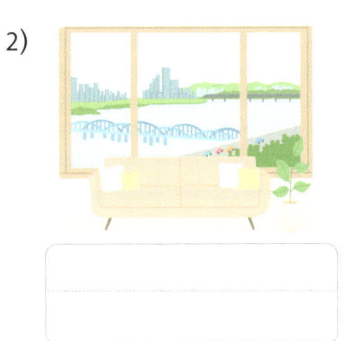

1) 교통이 편리하다 / 지하철역, 5분

2)

3)

중개인 仲介 원룸 套房 보증금 保證金 마침 正好

15-1. 방이 넓어서 살기 좋아요 105

聽力
듣기 15-1

준비 **어떤 집에 살고 있어요?**
你住在什麼樣的房子裡？

듣기 1 **안나와 크리스의 대화입니다. 잘 듣고 질문에 답해 보세요.**
以下是安娜和克里斯的對話。聽完後請回答問題。

❖ 여자의 집은 어때요? 알맞은 것을 모두 고르세요.

① 집이 넓습니다.
② 집이 깨끗합니다.
③ 주변이 조용합니다.
④ 교통이 편리합니다.

💬 **친구 집에 가 봤어요? 어땠어요?**
你去過朋友的家嗎？是怎麼樣的呢？

> 저는 아야나 씨의 집에 가 봤어요.
> 아야나 씨의 집은 원룸인데 창문이 크고 ….

시끄럽다 吵鬧的

준비 지금 사는 집이 마음에 들어요?
你滿意現在住的房子嗎？

월세 👍 👎   교통 👍 👎   시설 👍 👎

크기 👍 👎   이웃 👍 👎   주변 👍 👎

듣기 2 에릭과 자밀라의 대화입니다. 잘 듣고 질문에 답해 보세요.
以下是艾瑞克和賈蜜拉的對話。聽完後請回答問題。

1 남자가 왜 이사를 하고 싶어 해요? 알맞은 그림을 고르세요.

  ①　　②　　③

2 맞는 것을 고르세요.

① 남자는 한 달 전에 이사를 했습니다.
② 남자는 여자와 부동산에 갈 것입니다.
③ 남자는 여자의 집주인과 이야기를 했습니다.

어떤 집에서 살고 싶어요?
你想住在什麼樣的房子裡？

> 제가 지금 살고 있는 집 앞에는 큰길이 있어서 창문을 열면 너무 시끄러워요. 그래서 저는 ….

크기 大小   이웃 鄰居   윗집 樓上   뛰어다니다 跑跳   빈방 空屋
부동산 不動產   큰길 大馬路

15-1. 방이 넓어서 살기 좋아요   107

어휘 15-2

벽에 가족사진이 걸려 있습니다
牆上掛著全家福

- 기숙사
- 아파트 
- 주택 
- 빌라 
- 원룸 
- 오피스텔 

기숙사 宿舍 아파트 公寓 주택 獨棟住宅
빌라 集合住宅 원룸 套房 오피스텔 住商大樓

이야기해 보세요

▶ 어떤 집에 살고 있어요?
▶ 집에 뭐가 있어요?

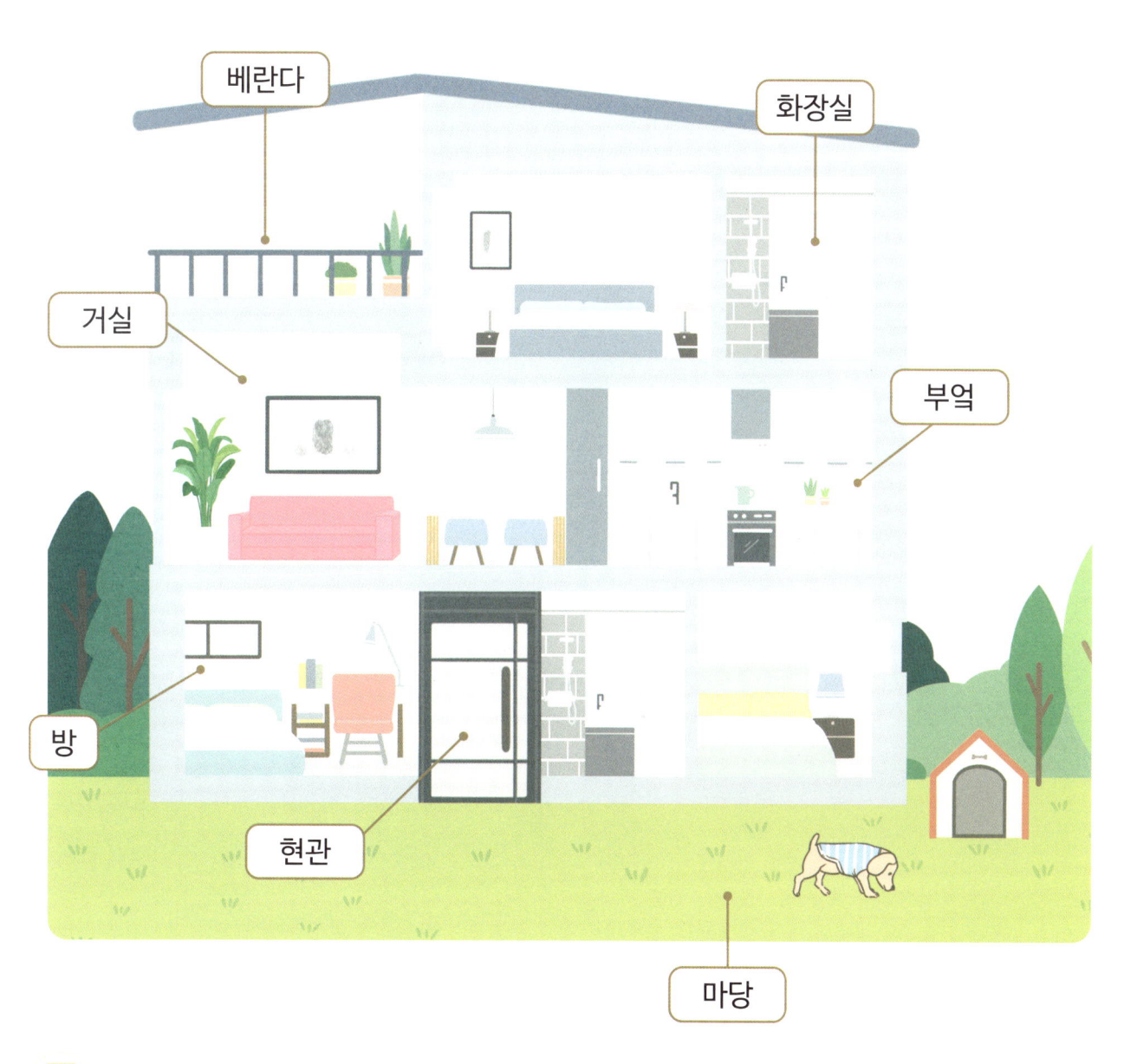

베란다
화장실
거실
부엌
방
현관
마당

거실 客廳　　베란다 陽臺　　현관 玄關　　마당 庭院

15-2. 벽에 가족사진이 걸려 있습니다

읽기 閱讀 15-2

준비 한국에 오기 전에 어떤 집에서 살았어요?
你來韓國之前，住在什麼樣的住宅裡呢？

읽기 1 부동산 광고입니다. 잘 읽고 맞는 것을 고르세요.
以下是不動產廣告。讀完後請選出正確的答案。

① 이 집은 교통이 편리한 원룸입니다.
② 인터넷 요금은 한 달에 8만 원입니다.
③ 이 집은 오래됐지만 시설이 좋아서 사람들이 좋아합니다.

보증금 7,000만 원, 월세 60만 원

새로 지어서 깨끗하고 시설이 **좋기 때문에** 인기가 많습니다. 서두르세요.

원룸　29.75㎡　2층/8층 남향　관리비: 8만 원 (인터넷 포함)

• 지하철역 5분 거리　• 주차 1대 무료　• 경비실

문법과 표현
動 -아/어 있다 ☞ P.31
動形 -기 때문에, 名 (이)기 때문에 ☞ P.32

짓다 建造　서두르다 急忙　남향 朝南　거리 距離　주차 停車　대 輛、台 (汽車的量詞)
경비실 警衛室

110　서울대 한국어+ Student's Book 2B | 15. 집

읽기 2 **닛쿤의 글입니다. 잘 읽고 질문에 답해 보세요.**
以下是尼坤的文章。讀完後請回答問題。

우리 집

저는 한국에 오기 전에 주택에 살았습니다. 우리 집에는 작은 마당이 있는데 어머니는 거기에 예쁜 꽃을 키우셨습니다.

우리 집에서 제가 가장 좋아하는 곳은 거실입니다. 거실 벽에는 가족이 함께 찍은 사진들이 **걸려 있습니다.** 우리 가족은 주말마다 거실에 모여서 음악을 듣거나 영화를 봤습니다.

우리 동네는 **시골이기 때문에** 근처에 영화관이나 편의점도 없고 시장도 하나밖에 없어서 조금 살기 불편합니다. 그렇지만 공기가 맑고 주변이 조용해서 좋습니다.

저는 우리 집을 생각하면 '행복'이라는 단어가 생각납니다. 지금도 고향의 우리 집이 많이 그립습니다.

1 닛쿤의 고향 집으로 알맞은 그림을 고르세요.

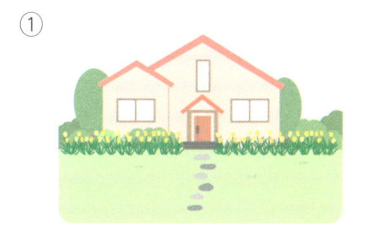

① ② ③

2 맞는 것을 고르세요.

① 닛쿤은 고향 집에서 거실을 제일 좋아합니다.
② 닛쿤은 주말마다 가족들과 함께 영화관에 갔습니다.
③ 닛쿤은 한국에 오기 전에 조용하고 살기 편한 시골에 살았습니다.

💬 **고향 집에서 가장 좋아하는 곳이 어디예요?**
你最喜歡故鄉老家的什麼地方？

> 저는 고향에서 아파트에서 살았는데,
> 베란다를 가장 좋아했어요.
> 베란다에는 햇빛이 잘 들어오기 때문에 ….

벽 牆壁   걸리다 被掛上去   동네 社區   그립다 思念的

쓰기 15-2

준비 **여러분의 고향 집은 어떤 집이에요?**
你故鄉的老家是什麼樣的房子呢？

고향 집	어떤 집에서 살았어요?
	집에서 가장 좋아하는 곳이 어디예요?
	거기에 뭐가 있어요?
고향 집이나 동네의 장단점	어떤 점이 좋아요?
	어떤 점이 불편해요?
고향 집에 대한 느낌	집을 생각하면 뭐가 생각나요? • 행복, 사랑, 할머니, … • 마음이 따뜻해져요, 행복해져요, …

쓰기 **여러분의 고향 집을 소개해 주세요.**
請撰寫文章介紹你故鄉的老家。

장단점 優缺點　　점 分數；方面　　느낌 感受

과제 課堂活動

💬 **여러분이 살고 싶은 집에 대해서 이야기해 보세요.**
請說說你想住的房子。

1 지금 살고 있는 집은 어때요?
你現在住的房子怎麼樣呢?

😊 마음에 들어요	😣 마음에 안 들어요
• 주변이 조용해요. • •	• 창문이 하나밖에 없어요. • •

2 어떤 곳에서 살고 싶어요? 친구와 이야기해 보세요.
你想住在哪裡? 請和朋友說說看。

1) 집을 구할 때 뭐가 중요해요?
　　找房子時, 有哪些重要的事?

☐ 방이 넓어요　　☐ 월세가 싸요　　☐ 새로 지었어요　　☐ 시설이 좋아요
☐ 교통이 편리해요　☐ 주변이 조용해요　☐ 전망이 좋아요　☐ 햇빛이 잘 들어와요

> 제가 지금 사는 원룸은 창문이 하나밖에 없어서 어두워요. 저는 햇빛이 잘 들어오는 집에서 살았으면 좋겠어요.

> 제가 지금 사는 집은 주변이 좀 시끄러워서 공부하기 힘들어요. 그래서 저는 주변이 조용한 집에서 살고 싶어요.

2) 집에 뭐가 있어야 돼요?
　　房子裡必須有什麼?

☐ 거실　　☐ 부엌　　☐ 방 ____ 개　　☐ 화장실 ____ 개
☐ 베란다　☐ 마당　　☐ 경비실　　　☐ 주차장

> 저는 꽃을 키우고 싶어요. 그래서 집에 마당이 있었으면 좋겠어요.

> 저는 차가 있기 때문에 주차장이 있어야 돼요.

차 車

15-2. 벽에 가족사진이 걸려 있습니다

과제

3) 동네에 뭐가 있었으면 좋겠어요?
希望社區裡有什麼？

☐ 마트　　☐ 편의점　　☐ 지하철역/정류장　　☐ 식당
☐ 도서관　　☐ 병원　　☐ 공원　　☐ _____

> 저는 운전을 못 하기 때문에 지하철역이 가까웠으면 좋겠어요.

> 저는 요리를 자주 해요. 가까운 곳에 마트가 있으면 장을 보기 편할 것 같아요.

3. 여러분이 살고 싶은 집에 대해서 메모하고 다른 친구들에게 이야기해 보세요.
請筆記下你想住的房子，並對朋友們說說看。

보기

집을 구할 때 중요한 조건	햇빛이 잘 들어오는 집, 방이 넓은 집, 월세가 싼 집
집	부엌, 방 한 개, 화장실 한 개, 마당
동네	시장, 지하철역, 공원

> 제가 지금 사는 원룸은 창문이 하나밖에 없기 때문에 어둡습니다. 그래서 햇빛이 잘 들어오는 밝은 집으로 이사하고 싶습니다. 그리고 ….

구하다 尋找、徵求　　조건 條件

문화 / 文化

공유 주택을 아세요?
你知道「共居住宅」嗎？

'공유 주택'이 무엇일까요? '공유 주택'은 뭐가 좋을까요?

→ 여러분 나라에도 '공유 주택'이 있나요?

발음 發音

받침 'ㄴ'은 대부분의 경우 'ㄹ' 앞에서 [ㄹ]로 발음합니다.
終聲「ㄴ」在「ㄹ」前面的時候，大多讀為[ㄹ]。

46

예)
가: 어떤 집을 찾으세요?
나: 교통이 **편리했으면** 좋겠어요.

가: 다시 **연락드릴게요**.
나: 네. 생각해 보시고 **연락** 주세요.

자기 평가 自我評量

☐ 지금 사는 집이 어때요? 마음에 들어요?
☐ 집에서 가장 마음에 드는 곳이 어디예요?
☐ 집에 뭐가 있어요? 어디에 있어요?

공유 주택 共居住宅

16 예절 禮儀

16-1 반말을 해도 돼요?

16-2 공연 중에 사진을 찍으면 안 됩니다

1 여러분 나라에서는 어떻게 인사를 해요?
2 버스나 지하철에서 지켜야 할 예절이 있어요?

16-1 반말을 해도 돼요?

可以對你說半語嗎？

> 잘 잤어?

반말을 하다

> 할아버지, 안녕히 주무세요.

높임말/존댓말을 하다

한 손으로 받다

두 손으로 드리다

손을 흔들면서 인사하다

고개를 숙여서 인사하다

반말을 하다 說半語
한 손으로 받다 單手接
손을 흔들면서 인사하다 揮手打招呼

높임말/존댓말을 하다 說敬語
두 손으로 드리다 雙手給
고개를 숙여서 인사하다 低頭打招呼

이야기해 보세요

▶ 여러분 나라에서는 어른들 앞에서 지켜야 하는 예절이 있어요?

다니엘 씨.

이름을 부르다

다리를 꼬고 앉다

고개를 돌리고 마시다

이름을 부르다 呼喊名字
고개를 돌리고 마시다 轉頭喝

다리를 꼬고 앉다 翹二郎腿

16-1. 반말을 해도 돼요? 119

會話 말하기 16-1

말하기 1 **친구와 연습해 보세요.**
請和朋友練習看看。

가: 한국의 예절은 우리 나라와 다른 게 많아요.
나: 뭐가 다른데요?
가: 우리 나라에서는 식사할 때 밥그릇을 들고 먹는데 한국에서는 식탁 위에 밥그릇을 놓고 먹어요.
나: 그래요? 문화 차이를 아는 것은 재미있네요.

1) 밥을 먹다 / 젓가락으로 먹다 / 숟가락으로 먹다

2) 어른한테 인사하다 / 손을 흔들면서 인사하다 / 고개를 숙여서 인사하다

3) 어른께 물건을 드리다 / 한 손으로 드리다 / 두 손으로 드리다

말하기 2 **친구와 연습해 보세요.**
請和朋友練習看看。

가: 자밀라 씨, 왜 고개를 숙여서 인사해요? 고개를 안 숙여도 돼요.
나: 그래도 돼요? 한국에서는 고개를 숙여서 인사해야 하지 않아요?
가: 어른한테 인사할 때만 고개를 숙여서 인사하면 돼요.
나: 아, 그래요? 알려 줘서 고마워요.

1) 고개를 돌리고 술을 마시다 / 편하게 마시다 / 어른하고 마시다

2) 두 손으로 받다 / 한 손으로 받다 / 어른한테 받다

3) 일어서서 인사하다 / 앉아서 인사하다 / 어른한테 인사하다

문법과 표현
動 -는데, 形 -(으)ㄴ데 2 ☞ P.33
動 -아도/어도 되다 ☞ P.34

예절 禮儀 밥그릇 飯碗 들다 拿起 식탁 餐桌 차이 差別 어른 年長者 일어서다 起身

말하기 3 친구와 이야기해 보세요.
請和朋友說說看。

안나: 저 오늘 조금 창피한 일이 있었어요.
민우: 무슨 일이 있었는데요?
안나: 옆집 할머니를 만났는데 제가 손을 흔들면서 인사했어요.
민우: 아이고, 한국에서는 어른들을 만나면 고개를 숙여서 인사해야 돼요.
안나: 네. 저도 아는데 우리 나라에서는 손을 흔들면서 인사해도 돼요. 그래서 자꾸 실수를 해요.
민우: 그래서 어떻게 됐어요?
안나: 할머니께서 웃으시면서 어떻게 해야 하는지 가르쳐 주셨어요.
민우: 나라마다 예절이 다르니까 실수할 수 있어요. 안나 씨도 금방 익숙해질 거예요.

발음
- 창피한 일이 [창피한닐]
- 무슨 일이 [무슨닐]

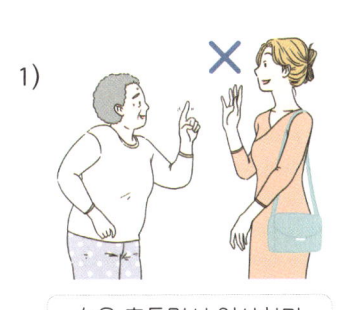

1) 손을 흔들면서 인사하다
   고개를 숙여서 인사하다

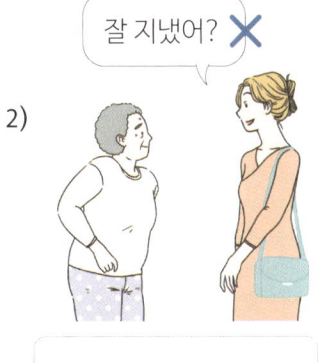

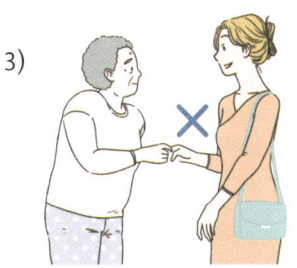

2) 잘 지냈어?

3)

께서 主格助詞(尊稱)   금방 立刻、馬上

16-1. 반말을 해도 돼요? 121

듣기 16-1

준비 누가 누구에게 반말을 할 수 있을까요?
誰可以對誰說半語呢？

듣기 1 자밀라와 닛쿤의 대화입니다. 잘 듣고 맞는 것을 고르세요.
以下是賈蜜拉和尼坤的對話。聽完後請選出正確的答案。

① 남자는 여자와 말을 놓았습니다.
② 남자는 여자보다 나이가 더 많습니다.
③ 남자는 여자와 동아리에서 만난 적이 있습니다.

여러분 나라에도 높임말이 있어요?
在你的國家也有敬語嗎？

> 중국에도 높임말이 있어요.
> 보통 인사할 때 '니하오(你好)'라고 하는데 ….

말을 놓다 放輕鬆交談（不必用敬語）　　잘 부탁하다 多多關照

준비 여러분 나라에는 식사 자리에서 하는 인사가 있어요?
在你的國家也有用餐時的招呼語嗎？

맛있게 드세요.

잘 먹겠습니다.

잘 먹었습니다.

듣기2 할아버지와 아이, 엄마의 대화입니다. 잘 듣고 질문에 답해 보세요.
以下是爺爺和孩子、媽媽的對話。聽完後請回答問題。

1 아이가 지키지 <u>않은</u> 예절은 뭐예요?

① 식사할 때 인사를 해야 합니다.
② 어른들께 존댓말을 써야 합니다.
③ 식사할 때 어른이 먼저 먹기 시작해야 합니다.

2 맞는 것을 고르세요.

① 아이는 젓가락질을 배우고 있습니다.
② 아이는 할아버지와 함께 요리를 했습니다.
③ 아이는 음식을 안 먹어서 엄마에게 야단맞았습니다.

여러분 나라에는 한국과 다른 식사 예절이 있어요?
在你的國家有跟韓國不同的用餐禮儀嗎？

한국에서는 어른이 먼저 드셔야 하는데 우리 나라에서는 안 그래도 돼요.

포크 叉子   젓가락질 用筷姿勢   특별히 特別地   지키다 遵守、維持   야단맞다 被罵

16-2 공연 중에 사진을 찍으면 안 됩니다
表演中不可以拍照

줄을 서다

자리를 양보하다

발을 올리다

문에 기대다

뛰다

줄을 서다 排隊 자리를 양보하다 讓座
발을 올리다 抬腳 문에 기대다 倚靠門 뛰다 跑

이야기해 보세요

▶ 공공장소에서 뭘 조심해야 돼요?
▶ 이 표지판은 무슨 뜻이에요?

| 금연 | 주차 금지 | 출입 금지 |

| 사진 촬영 금지 | 휴대폰 사용 금지 | 음식물 반입 금지 |

금연 禁菸　　주차 금지 禁止停車　　출입 금지 禁止進入　　사진 촬영 금지 禁止攝影
휴대폰 사용 금지 禁止使用手機　　음식물 반입 금지 禁止攜帶飲食

16-2. 공연 중에 사진을 찍으면 안 됩니다　125

읽기 閱讀 16-2

준비 공공장소에서 지켜야 하는 예절은 뭐가 있어요?
在公共場所必須遵守哪些禮儀？

읽기 1 공연 예매 확인 메시지입니다. 잘 읽고 맞으면 ○, 틀리면 × 하세요.
以下是表演預購的確認簡訊。讀完後，正確請打○，錯誤請打×。

가을의 피아노
공연 예매 안내

[공연 예매 완료]
"가을의 피아노"
예매 번호: 8805488

[공연 관람 안내]
1. 공연장에 음식물을 반입할 수 없습니다.
2. **공연 중에** 휴대폰을 사용하거나 옆 사람과 **이야기하면 안 됩니다**.
3. **공연 중에** 사진을 **찍으면 안 되지만** 공연 후 '관객과의 인사' 시간에는 사진을 찍을 수 있습니다.

1) 공연장에 휴대폰을 가지고 들어가면 안 됩니다. ( )
2) 공연이 끝나면 사진을 찍어도 됩니다. ( )

문법과 표현
- -는 중이다, 중이다 ☞ P.35
- -(으)면 안 되다 ☞ P.36

공연 表演　완료 完成　관람 觀賞　공연장 表演場　반입하다 帶入　관객 觀眾

읽기 2 엥흐의 글입니다. 잘 읽고 질문에 답해 보세요.
以下是恩和的文章。讀完後請回答問題。

우리 나라와 한국의 예절은 비슷한 점도 있고 다른 점도 있습니다. 식사할 때 어른이 먼저 수저를 들어야 하는 것은 우리 나라와 같습니다.

그런데 다른 사람에게 미안한 일을 했을 때 사과하는 방법이 다릅니다. 우리 나라에서는 특히 발을 밟거나 부딪히면 사과를 하면서 꼭 손을 잡아야 하는데 한국에서는 모르는 사람의 손을 **잡으면 안 됩니다**. 처음 한국에 왔을 때 지하철에서 어떤 사람의 발을 밟아서 사과를 하려고 손을 잡은 적이 있습니다. 그 사람이 놀라서 저는 다시 사과해야 했습니다.

한국에 오래 살았지만 저는 지금도 한국의 예절을 **배우는 중입니다**. 우리 나라와 한국의 예절이 달라서 실수할 때도 있지만 이런 차이를 배우는 것이 재미있습니다.

1 이 글의 제목으로 알맞은 것을 고르세요.

① 식사할 때 지켜야 하는 예절
② 우리 나라와 한국의 예절 차이
③ 모르는 사람에게 사과하는 방법

2 맞는 것을 고르세요.

① 엥흐는 모르는 사람이 손을 잡아서 놀랐습니다.
② 엥흐의 고향에서는 아이가 먼저 식사를 시작해도 됩니다.
③ 엥흐는 지하철에서 다른 사람의 발을 밟은 적이 있습니다.

다음의 장소에서 한국과 여러분 나라의 예절이 어떻게 달라요?
在以下場所，你的國家和韓國的禮儀有什麼不同嗎？

식당   버스   교실

> 한국에서는 버스에서 전화를 받아도 되는데 우리 나라에서는 버스에서 전화를 받으면 안 돼요.

수저 湯匙筷子   사과하다 道歉   밟다 踩   잡다 抓

쓰기 (寫作) 16-2

준비 여러분 나라와 한국 예절의 비슷한 점과 다른 점에 대해서 메모해 보세요.
請針對你的國家和韓國禮儀的相似與相異之處撰寫筆記。

비슷한 점	
• 비슷한 점이 있습니까? • 무엇이 비슷합니까?	

다른 점	우리 나라
• 다른 점이 있습니까? • 실수한 적이 있습니까?	한국
	실수한 경험

나의 생각	
• 두 나라의 예절이 다른 것에 대해서 어떻게 생각합니까?	

쓰기 여러분 나라와 한국의 예절 차이에 대해서 써 보세요.
請針對你的國家和韓國禮儀的差異撰寫文章。

과제 課堂活動

💬 **여러 나라의 예절을 비교해 보세요.**
請比較各國的禮儀。

1 여러분 나라에는 어떤 예절이 있나요? 메모해 보세요.
在你的國家有什麼樣的禮儀呢?請筆記下來。

식사 중에　　　인사할 때　　　술 마실 때　　　수업 중에　　　?

- 중국에서는 어른보다 먼저 식사를 시작하면 안 됩니다.
-
-
-

2 다른 나라에도 비슷한 예절이 있을까요? 친구들과 이야기해 보세요.
其他國家也有類似的禮儀嗎?請和朋友說說看。

중국에서는 어른보다 먼저 식사를 시작하면 안 돼요. 베트남은 어때요?

베트남에서도 어른보다 먼저 먹기 시작하면 안 돼요.

미국에서는 어른보다 먼저 식사를 시작해도 돼요?

네. 미국에서는 보통 가족들이 다 같이 식사를 시작해요.

술 酒

과제

3 친구들과 이야기한 것을 표로 정리해 보세요.
請用表格將你和朋友的對話整理下來。

보기

	○	×
어른보다 먼저 식사를 시작하면 안 됩니다.	중국 베트남 …	미국 …

	○	×

	○	×

	○	×

4 여러분이 알게 된 것을 발표해 보세요.
請發表你所學到的禮儀。

> 우리 나라에서는 어른보다 먼저 식사를 시작하면 안 됩니다. 베트남에서도 어른이 먼저 시작해야 되는데 미국에서는 그렇게 하지 않아도 됩니다.

문화 / 文化

● **한국의 식사 예절에 대해서 알아요?**
你知道韓國的用餐禮儀嗎?

한국에서는 식사할 때 뭘 하면 안 돼요?

↳ 여러분 나라에도 지켜야 할 식사 예절이 있어요?

발음 / 發音

앞 단어에 'ㄴ, ㅁ, ㅇ' 받침이 있고 뒤에 오는 단어가 '이, 야, 여, 요, 유, 얘, 예'로 시작할 때 그 사이에 [ㄴ]를 넣어 발음합니다.

當前面單字終聲為「ㄴ、ㅁ、ㅇ」,後面單字以「이、야、여、요、유、얘、예」開頭時,中間添加[ㄴ]的讀音。

예)
가: 오늘 **창피한 일**이 있었어요.
나: **무슨 일**이 있었는데요?

가: **한강 옆**에서 치킨을 먹어도 돼요?
나: 네. 먹어도 돼요.

자기 평가 / 自我評量

☐ 여러분 나라의 예절과 한국의 예절이 어떻게 달라요?
☐ 공공장소에서 지켜야 할 예절에는 뭐가 있어요?

17

문화 文化

17-1 콘서트를 보기 위해서 표를 사 놓았어요

17-2 추석은 한국의 큰 명절 중 하나다

1 좋아하는 한국 가수나 배우가 있어요?
2 한국의 중요한 명절이 뭔지 알아요?

콘서트를 보기 위해서 표를 사 놓았어요
我買好票要去看演唱會

10월의 공연

- 콘서트
- 뮤지컬 
- 연극 
- 사물놀이 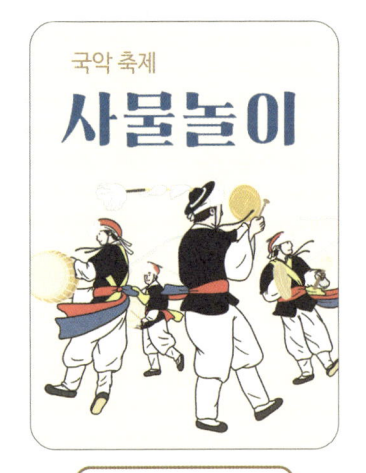
- 음악회 

공연 表演　　　콘서트 演唱會　　　뮤지컬 音樂劇　　　연극 戲劇
사물놀이 四物農樂　　　음악회 音樂會

이야기해 보세요

▶ 어떤 공연을 보고 싶어요?
▶ 여러분은 요즘 무엇에 관심이 있어요?

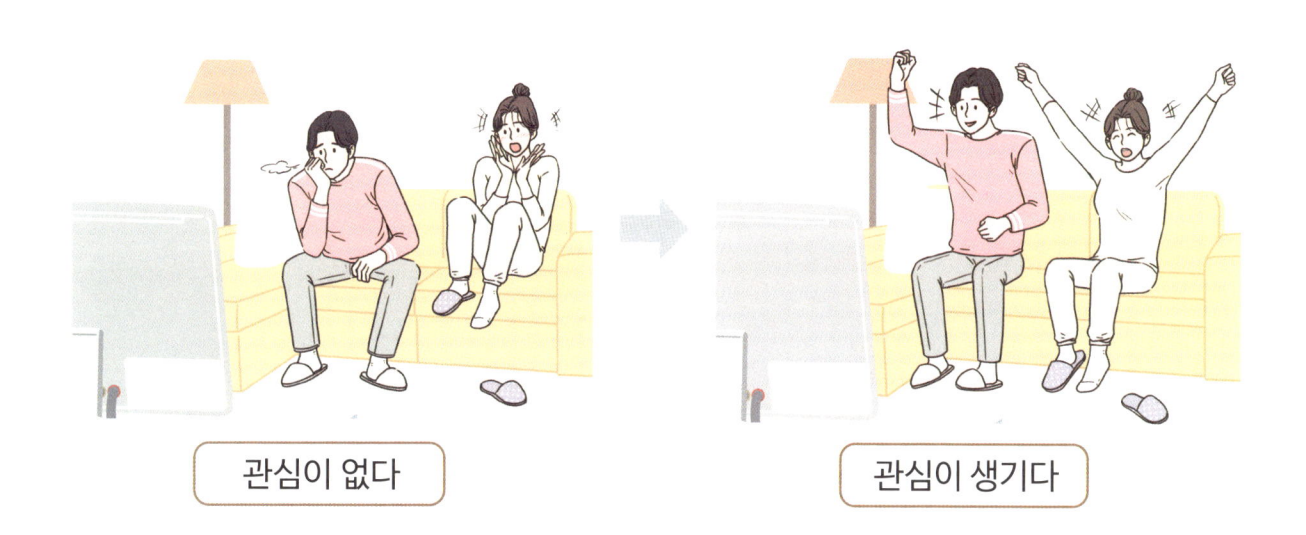

관심이 없다

관심이 생기다

인기가 없다   인기가 많다

팬 사인회

관심이 없다 不感興趣　　　　관심이 생기다 產生興趣
인기가 없다 不受歡迎　　　　인기가 많다 大受歡迎

17-1. 콘서트를 보기 위해서 표를 사 놓았어요

말하기 17-1

말하기 1 친구와 연습해 보세요.
請和朋友練習看看。

가: 한국에 왜 오셨습니까?
나: **한국 패션**에 관심이 있어서 왔습니다.
가: 지금은 무엇을 하고 계십니까?
나: **대학교에서 디자인을 공부하기 위해 한국어를 배우고 있습니다.**

1) 한국 영화
대학교에서 영화를 전공하다
한국어를 배우다

2) 한국 요리
요리사 시험을 준비하다
학원에 다니다

3) 한국 음악
한국에서 가수가 되다
노래와 춤을 연습하다

말하기 2 친구와 연습해 보세요.
請和朋友練習看看。

가: 방학 동안 뭐 할 거예요?
나: 저는 **한국 전통 공연을 보고 싶어서** 표를 사 놓았어요.
가: 그래요? 어디에서 볼 수 있어요? 저도 보고 싶어요.
나: **국립국악원**에 가면 볼 수 있어요.
제가 알려 줄게요.

1) 연극을 보다
표를 예매하다
대학로

2) 김치를 만들어 보다
수업을 신청하다
김치박물관

3) 서예를 배우다
서예 체험을 예약하다
국립중앙박물관

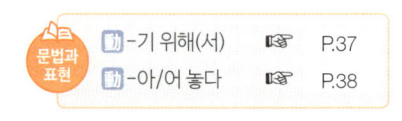

문법과 표현
動 -기 위해(서)   ☞ P.37
動 -아/어 놓다   ☞ P.38

패션 流行 전공하다 主修 국립국악원 國立國樂院 대학로 大學路 김치박물관 辛奇博物館
서예 書法 체험 體驗 국립중앙박물관 國立中央博物館

말하기 3 친구와 이야기해 보세요.
請和朋友說說看。

에 릭: 오늘 수업 후에 뭐 할 거야?

자밀라: 친구하고 공연을 보러 가기로 했어.

에 릭: 무슨 공연?

자밀라: 케이팝 콘서트야. 이 공연을 보기 위해서 한 달 전부터 표를 사 놓고 기다렸어.

에 릭: 재미있겠다. 넌 언제부터 케이팝을 좋아했어?

자밀라: 작년 여름에 친구를 따라서 콘서트에 갔는데 그때부터 관심이 생겼어.
가수들이 노래도 잘하고 춤도 잘 춰서 정말 좋았어.

에 릭: 그래? 나도 케이팝 콘서트에 가 보고 싶어.

자밀라: 그럼 다음에 좋은 공연이 있으면 추천해 줄게. 너도 분명히 좋아하게 될 거야.

발음
- 수업 후에 [수어푸]
- 사 놓고 [노코]

1) 케이팝 콘서트
가수들이 노래를 잘하다,
춤을 잘 추다

2)

3)

따르다 跟著   분명히 肯定

17-1. 콘서트를 보기 위해서 표를 사 놓았어요 137

듣기 聽力 17-1

준비 체험해 보고 싶은 한국 문화가 있어요?
你有想體驗的韓國文化嗎?

듣기 1 아야나와 다니엘의 대화입니다. 잘 듣고 맞으면 ○, 틀리면 × 하세요.
以下是阿雅娜和丹尼爾的對話。聽完後,正確請打○,錯誤請打×。

1) 남자는 국립국악원에서 사물놀이를 배우고 있습니다. (　　)
2) 사물놀이를 연주하기 위해서는 네 가지 악기가 필요합니다. (　　)

체험해 본 한국 문화가 있어요? 어디에서 해 봤어요?
你有體驗過什麼韓國文化嗎?在哪裡體驗的?

> 저는 한국에 오기 전에 고향에서 한국 친구하고 같이 불고기를 만들어 본 적이 있어요.

가지 種(種類的量詞)　　악기 樂器　　연주하다 演奏

138　서울대 한국어⁺ Student's Book 2B | 17. 문화

| 준비 | **한국의 공연을 본 적이 있어요? 어떤 공연을 봤어요?**
你看過韓國的表演嗎？你看了什麼樣的表演？

| 듣기 2 | **방송 인터뷰입니다. 잘 듣고 질문에 답해 보세요.**
以下是電視採訪。聽完後請回答問題。

1 대화에 알맞은 그림을 고르세요.

① ② ③

2 맞는 것을 고르세요.

① 콘서트장에는 여러 나라에서 온 팬들이 있습니다.
② 여자는 가수에게 선물하기 위해 빵을 만들었습니다.
③ 여자는 한국어를 배우려고 한국 노래를 들었습니다.

좋아하는 연예인이 누구예요?
你喜歡哪一位藝人？

> 저는 송빈이라는 배우를 좋아해요.
> 저는 그 배우를 만나기 위해서 ….

콘서트장 演唱會場地   세계적 世界級的   아이돌 偶像   이야기를 나누다 聊天

17-1. 콘서트를 보기 위해서 표를 사 놓았어요 139

어휘 17-2 추석은 한국의 큰 명절 중 하나다
中秋是韓國的重大節日之一

명절

설날

추석

떡국

송편

한과

식혜

명절 節日   설날 大年初一   추석 中秋
떡국 年糕湯   송편 韓國松餅   한과 韓菓
식혜 甜米釀

이야기해 보세요

▶ 설날이나 추석에 뭐 해요?
▶ 한국의 명절 음식을 먹어 봤어요?

고향에 내려가다	한복을 입다	차례를 지내다
성묘하다	세배하다	세뱃돈을 받다
윷놀이하다	소원을 빌다	

고향에 내려가다 返鄉
성묘하다 掃墓
세뱃돈을 받다 領壓歲錢
소원을 빌다 祈求願望

차례를 지내다 祭祖
세배하다 拜年
윷놀이하다 玩擲柶

17-2. 추석은 한국의 큰 명절 중 하나다

읽기 17-2

준비 여러분 나라에서는 명절에 뭐 해요?
在你的國家，節日要做什麼呢？

읽기 1 아이의 일기입니다. 잘 읽고 빈칸에 알맞은 그림을 고르세요.
以下是小朋友的日記。讀完後，請選出符合空白處的圖片。

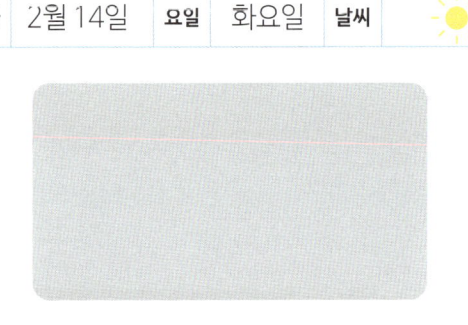

| 날짜 | 2월 14일 | 요일 | 화요일 | 날씨 | ☀ |

오늘은 일찍 일어나서 한복을 입고 할아버지 댁에 **갔다**. 차례를 지내고 나서 세배를 했는데 세뱃돈을 많이 받아서 기분이 **좋았다**. 드디어 내가 사고 싶은 게임기를 살 수 있게 **됐다**. 정말 **행복하다**. 떡국을 먹고 친척들과 윷놀이도 **했다**. 매일매일 설날이었으면 **좋겠다**.

① ② ③

문법과 표현 動 -는다/ㄴ다, 形 -다, 名 (이)다 ☞ P.39

드디어 終於   게임기 遊戲機   행복하다 幸福的   친척 親戚   매일매일 每一天

읽기 2   추석에 대해 설명하는 글입니다. 잘 읽고 질문에 답해 보세요.
以下是說明中秋的文章。讀完後請回答問題。

추석

추석은 한국의 가장 큰 명절 중 **하나다**. 음력 8월 15일로 한가위라고도 **한다**. 추석은 한 해 농사를 잘 지은 것에 대해 조상에게 감사하는 **날이다**. 그래서 추석 아침에는 그해에 농사지은 가장 좋은 곡식과 과일로 차례를 **지낸다**. 그리고 조상의 묘를 돌보기 위해 성묘를 하러 **간다**.

추석에는 가족들이 함께 모여 송편이라는 떡을 만들어 **먹는다**. 송편은 보통 반달 모양인데 지역마다 모양과 재료가 **다르다**. '송편을 예쁘게 만들면 예쁜 아기를 **낳는다**'라는 말도 **있다**.

추석에는 씨름이나 강강술래 같은 전통 놀이도 하고, 밤에는 크고 밝은 보름달을 보면서 소원도 **빈다**.

1 추석은 뭐에 대해 감사하는 날이에요? 빈칸에 알맞은 답을 쓰세요.

추석은 _____ 에 대해 조상에게 감사하는 날이다.

2 추석에 대한 설명으로 **맞지 않는** 것을 고르세요.

① 추석의 다른 이름은 한가위다.
② 추석에는 크고 밝은 달을 볼 수 있다.
③ 추석에는 성묘를 하러 가서 차례를 지낸다.

여러분 나라에는 어떤 명절이 있어요?
在你的國家有哪些節日呢?

> 태국에서 가장 큰 명절은 '송끄란'인데 태국의 설날입니다. …

음력 農曆	한가위 中秋	해 年	농사를 짓다 務農	조상 祖先	그해 那年	곡식 穀物
묘 墳墓	돌보다 照顧	반달 半月	모양 形狀	지역 地區	재료 材料	씨름 摔跤
강강술래 強羌水越來		보름달 滿月				

17-2. 추석은 한국의 큰 명절 중 하나다 143

쓰기 寫作 17-2

준비 **여러분 나라의 명절에 대해서 메모해 보세요.**
請針對你的國家的節日撰寫筆記。

명절 이름	이름이 무엇입니까?
	언제입니까?
명절의 의미	무엇을 기념하는 날입니까?
명절에 하는 것	특별히 먹는 음식이 있습니까?
	특별히 입는 옷이 있습니까?
	특별히 하는 일이 있습니까?

쓰기 **여러분 나라의 명절에 대해서 설명하는 글을 써 보세요.**
請撰寫文章說明你的國家的節日。

의미 意義　　기념하다 紀念

과제 課堂活動

💬 **여러분이 아는 유명한 사람을 소개해 보세요.**
請介紹你所認識的名人。

1 여러분이 아는 유명한 사람에 대해서 메모하세요.
請將你認識的名人筆記下來。

좋아하는 사람	좋아하게 된 이유	나의 변화	하고 싶은 것
• 누구입니까? • 무엇을 하는 사람입니까? • 만난 적이 있습니까?	• 그 사람을 언제 처음 알게 됐습니까? • 그 사람을 왜 좋아합니까?	• 그 사람을 좋아하고 나서 달라진 점이 있습니까?	• 그 사람을 만나면 하고 싶은 것이 있습니까? • 그 사람에게 하고 싶은 말이 있습니까?

보기

좋아하는 사람	좋아하게 된 이유	나의 변화	하고 싶은 것
• 지니 • 한국 가수 • 아직 없다. 콘서트 표를 사 놓았다	• 작년 여름에 친구가 소개해 줘서 • 노래를 잘한다, 기타를 잘 친다, 멋있다, 노래가 좋다	• 노래를 이해하기 위해 한국어를 열심히 공부하게 되었다	• 같이 사진을 찍고 싶다 • "감사합니다. 힘들 때마다 노래를 들으면서 힘을 냈어요."라고 말하고 싶다

좋아하는 사람	좋아하게 된 이유	나의 변화	하고 싶은 것

2 위에서 쓴 사람의 사진을 찾아보세요.
請找出上述人物的照片。

변화 變化、轉變   힘을 내다 加油

17-2. 추석은 한국의 큰 명절 중 하나다   145

3 그 사진을 보여 주면서 친구와 서로 이야기하고 메모하세요.
請邊看照片邊和朋友分享，並且筆記下來。

	친구 이름:	친구 이름:
누구입니까?		
무엇을 하는 사람입니까?		
만난 적이 있습니까?		
그 사람을 언제 처음 알게 됐습니까?		
그 사람을 왜 좋아합니까?		
그 사람을 좋아하고 나서 달라진 점이 있습니까?		
그 사람을 만나면 하고 싶은 일이 있습니까?		
그 사람에게 하고 싶은 말이 있습니까?		

4 여러분이 아는 유명한 사람에 대해서 발표해 보세요.
請發表你所認識的名人。

저는 '지니'라는 한국 가수를 좋아합니다. …

文化 문화

한국의 전통 놀이를 해 봤어요?
你玩過韓國的傳統遊戲嗎？

한국의 전통 놀이를 알아요?
한국의 전통 놀이를 해 봤어요?

윷놀이

씨름

연날리기

강강술래

▶ 여러분 나라의 전통 놀이에는 뭐가 있어요?

발음 發音

'ㄱ, ㄷ, ㅂ, ㅈ'은 앞이나 뒤에 'ㅎ'이 오면 [ㅋ, ㅌ, ㅍ, ㅊ]로 발음합니다.
「ㄱ、ㄷ、ㅂ、ㅈ」的前面或後面接上「ㅎ」時，讀為[ㅋ、ㅌ、ㅍ、ㅊ]。

예) 가: 미안한데 나 조금 늦을 것 같아.
　　나: 그럼 내가 표를 사 **놓고** 기다릴게.

　　가: 왜 이 노래를 좋아해요?
　　나: 이 노래를 들으면 마음이 **따뜻해져요**.

62

자기 평가 自我評量

☐ 여러분이 좋아하는 한국 문화에 대해서 이야기해 보세요.
☐ 여러분 나라에서는 명절에 뭐 해요?

연날리기 放風箏

17-2. 추석은 한국의 큰 명절 중 하나다　147

18 추억과 꿈 回憶和夢想

18-1 이번 학기가 끝나서 좋기는 하지만 아쉬워요

18-2 한국에 온 지 벌써 6개월이나 됐다

1 이번 학기에 한 일 중에서 뭐가 제일 재미있었어요?
2 한국어를 배운 후에 뭐 하고 싶어요?

18-1 어휘

이번 학기가 끝나서 좋기는 하지만 아쉬워요
這學期結束雖然開心，但是有些惋惜

그립다

아쉽다

후회가 되다

기억에 남다

그립다 思念的   아쉽다 惋惜的   후회가 되다 後悔   기억에 남다 印象深刻

이야기해 보세요

▶ 2급이 끝나면 기분이 어떨 것 같아요?
▶ 한국에 처음 왔을 때 날씨가 어땠어요?

봄

꽃이 피다

바람이 불다

여름

장마가 시작되다

태풍이 오다

가을

단풍이 들다

나뭇잎이 떨어지다

겨울

얼음이 얼다

눈이 내리다

꽃이 피다 花開
단풍이 들다 楓葉轉紅
눈이 내리다 下雪

장마가 시작되다 梅雨季開始
나뭇잎이 떨어지다 樹葉掉落

태풍이 오다 颱風到來
얼음이 얼다 結冰

18-1. 이번 학기가 끝나서 좋기는 하지만 아쉬워요

會話 말하기 18-1

말하기 1 친구와 연습해 보세요.
請和朋友練習看看。

가: 내일부터 방학이에요.
이번 학기가 잘 끝나서 기분이 좋아요.
나: 저도 좋기는 하지만 좀 아쉬워요.
가: 왜요?
나: 고향에 돌아가야 돼서요.

1) 후회되다 / 2급 공부를 열심히 안 했다
2) 걱정되다 / 3급 공부가 어려울 것 같다
3) 아쉽다 / 2급 반 친구들과 헤어지게 되다

말하기 2 친구와 연습해 보세요.
請和朋友練習看看。

가: 주말에 친구가 서울에 오는데 뭐 해야 할지 모르겠어요.
나: 꽃이 많이 피었으니까 벚꽃 구경을 가 보세요.
가: 좋은 생각이네요. 고마워요.
나: 아니에요. 주말 잘 보내세요.

1) 친구 생일 파티가 있다 / 무슨 선물을 사다 / 장마가 시작되다 / 예쁜 우산을 선물하다
2) 고향에서 부모님이 오시다 / 어디에 가다 / 단풍이 예쁘게 들었다 / 단풍 구경을 가다
3) 친구와 만나기로 했다 / 뭐 하다 / 얼음이 얼었다 / 스케이트를 타다

문법과 표현
動形 -기는 하지만 ☞ P.40
動形 -(으)ㄹ지 모르겠다 ☞ P.41

스케이트 溜冰

말하기 3 친구와 이야기해 보세요.
請和朋友說說看。

발음
- 공부할 거예요 [공부할꺼예요]
- 할 수 있을지 모르겠어요 [할쑤] [이쏠찌]
- 취직할 수 있을 거예요 [취지칼쑤] [이쏠꺼예요]

나 나: 벌써 이번 학기가 끝났네요.

다니엘: 맞아요. 정말 시간이 빨리 지나간 것 같아요.

나 나: 다니엘 씨는 지금까지 한국에서 한 일 중에 뭐가 가장 기억에 남아요?

다니엘: 지난가을에 산에 간 게 가장 기억에 남아요. 단풍이 들어서 정말 아름다웠어요. 나나 씨는요?

나 나: 전 한글을 배운 거요. 다른 친구들은 쉽게 배우는데 저는 너무 어려웠어요.

다니엘: 그랬어요? 지금은 이렇게 한국어를 잘하는데요.

나 나: 그때부터 한국어 공부를 정말 열심히 했어요. 공부가 힘들기는 했지만 재미있었어요. 다니엘 씨는 다음 학기에도 계속 공부할 거예요?

다니엘: 아니요. 회사에 취직하고 싶은데 할 수 있을지 모르겠어요.

나 나: 다니엘 씨는 한국말을 잘하니까 빨리 취직할 수 있을 거예요.

1) 산에 가다, 단풍이 들다, 아름답다
2)
3)
4)

회사에 취직하다

지난가을 去年秋天   한글 韓字、韓古爾（韓國官方中譯名）

듣기 聽力 18-1

준비 지금은 무슨 계절이에요? 여러분은 이 계절이 되면 기억나는 일이 있어요?
現在是什麼季節？每到這個季節，你會想起什麼事情呢？

듣기 1 라디오 방송입니다. 잘 듣고 질문에 답해 보세요.
以下是廣播節目。聽完後請回答問題。

❖ 라디오 홈페이지 게시판에 올릴 사진은 뭐예요? 알맞은 그림을 고르세요.

① ② ③

봄, 여름, 가을, 겨울에 찍은 예쁜 사진이 있어요? 친구들에게 보여 주고 이야기해 보세요.
你有在春、夏、秋、冬拍的漂亮照片嗎？請給你的朋友們看，並且說說看。

> 이 사진은 제가 작년 가을에 단풍 구경을 갔을 때 찍은 사진이에요.

라디오 收音機、廣播節目   봄바람 春風   게시판 佈告欄   쿠폰 優惠券

준비 고향에 돌아가면 뭐가 가장 그리울 것 같아요?
當你回故鄉的時候，什麼最讓你懷念呢？

듣기 2 크리스와 안나의 대화입니다. 잘 듣고 질문에 답해 보세요.
以下是克里斯和安娜的對話。聽完後請回答問題。

1   남자는 고향에 가기 전에 뭐 하고 싶어 해요? 알맞은 그림을 고르세요.

   ①   ②   ③

2   맞는 것을 고르세요.

① 남자는 다음 학기에 한국에 돌아올 것이다.
② 남자는 방학에 친구들과 단풍 구경을 갈 것이다.
③ 남자는 부모님 일을 도와드리기 위해 고향에 갈 것이다.

2급 생활이 어땠어요?
2級的生活怎麼樣呢？

	친구 이름:	친구 이름:
뭐가 가장 아쉬워요?		
뭐가 가장 그리울 것 같아요?		
뭐가 가장 후회가 돼요?		
뭐가 가장 기억에 남아요?		

18-1. 이번 학기가 끝나서 좋기는 하지만 아쉬워요 155

어휘 18-2 한국에 온 지 벌써 6개월이나 됐다
來到韓國已經過了6個月

시간

과거

현재

미래

과거 過去　　현재 現在　　미래 未來

이야기해 보세요

▶ 여러분의 과거와 현재가 어떻게 달라요?
▶ 꿈이 있어요?

꿈을 가지다	노력하다
꿈꾸다	떨어지다
꿈을 이루다	합격하다

📖 꿈을 가지다 懷抱夢想   꿈꾸다 夢想、立志   꿈을 이루다 實現夢想
　　노력하다 努力　　　　떨어지다 落榜、未通過　합격하다 合格、通過

읽기

준비 언제 한국에 왔어요? 한국어 공부를 마치고 나서 뭘 하고 싶어요?
你什麼時候來韓國的？學好韓文後，你想做什麼呢？

읽기 1 신문 기사입니다. 잘 읽고 맞는 것을 고르세요.
以下是新聞報導。讀完後請選出正確的答案。

최근 케이팝과 한국 드라마 등의 인기 때문에 한국학을 전공하는 외국인 유학생이 늘고 있다. 서울대학교 대학원에 다니는 다니엘(23) 씨는 "케이팝을 좋아해서 한국에 **온 지** 3년이 되었습니다. 제 꿈은 한국 문화를 세계에 알리는 것인데 이 꿈을 이루기 위해 한국학을 전공하고 있습니다."라고 말했다.

① 다니엘의 꿈은 한국학을 전공하는 것이다.
② 다니엘은 한국에 와서 케이팝을 좋아하게 됐다.
③ 한국 문화를 좋아해서 한국에 오는 사람이 많아지고 있다.

문법과 표현
動 -(으)ㄴ 지 P.42
名 (이)나 2 P.43

최근 最近   유학생 留學生   늘다 增加   세계 世界

읽기 2 **제니의 일기입니다. 잘 읽고 질문에 답해 보세요.**
以下是珍妮的日記。讀完後請回答問題。

6월 30일 금요일

한국에 **온 지** 벌써 **6개월이나** 되었다. 한국에 처음 왔을 때 눈이 많이 내리고 있었는데 이제 장마가 시작됐다.

나는 그동안 한국에서 즐겁게 지냈다. 친구들하고 여행도 하고 맛집에도 다녔다. 떡볶이를 먹었는데 너무 매워서 우유를 **세 잔이나** 마신 것이 생각난다. 그때는 입안에 불이 난 것 같았다. 지금은 매운 음식 먹는 것에 익숙해졌다.

나는 한국에 오기 전에는 특별한 꿈이 없었다. 그냥 한국 노래가 좋아서 한국에 왔는데 한국에 살면서 나에게도 꿈이 생겼다. 그 꿈은 바로 한국어 선생님이 되는 것이다. 시간이 얼마나 걸릴지 모르겠지만 나는 이 꿈을 이루기 위해서 계속 한국어를 열심히 공부할 것이다.

1 제니가 한국에서 경험한 것을 모두 고르세요.

① 안녕하세요? 감사합니다
②
③

2 맞는 것을 고르세요.

① 제니는 한국에 와서 처음 눈을 봤다.
② 제니가 간 식당에 불이 난 적이 있다.
③ 제니는 한국에 와서 꿈을 가지게 되었다.

꿈이 뭐예요? 어떻게 그 꿈을 가지게 됐어요?
你的夢想是什麼?怎麼會有那個夢想呢?

저는 예쁜 옷을 만드는 디자이너가 되고 싶어요.
모델 일을 한 지 6개월 정도 됐는데
제가 직접 옷을 만들어 보고 싶어졌어요.

입안 嘴裡   디자이너 設計師   모델 模特兒   직접 直接地

쓰기 18-2

준비 **여러분의 한국 생활과 앞으로의 계획에 대해서 메모해 보세요.**
請針對你的韓國生活和未來計畫撰寫筆記。

한국에서 생활한 기간	한국에 온 지 얼마나 됐어요?
한국에서 경험한 것	한국에서 어떤 경험을 했어요? • 계절, 날씨 • 만난 사람 • 먹은 음식 • 가 본 곳 • …
꿈을 위해서 할 일	꿈이 뭐예요? • 꿈 • 계획

쓰기 **여러분의 한국 생활과 앞으로의 계획에 대해서 써 보세요.**
請針對你的韓國生活和未來計畫撰寫文章。

_____월 _____일 _____요일

課堂活動
과제

💬 **친구에게 줄 메시지를 써 보세요.**
請撰寫要發送給朋友的訊息。

1 2급 수업에서 가장 기억에 남는 일이 뭐예요? 친구들에게 이야기해 보세요.
在2級課程中，印象最深刻的事情是什麼？請對朋友們說說看。

> 저는 시험 전날 아야나 씨와 카페에서 공부한 것이 제일 기억에 남아요.
> 그때 열 시간 동안이나 쉬지 않고 공부를 했어요.

> 저는 중간시험이 끝나고 다니엘 씨와 부산 여행한 것이 제일 기억에 남아요.
> 그때 처음 바다를 봤는데 정말 아름다웠어요.

2 우리 반 친구들과의 추억을 간단하게 메모하세요.
請簡單筆記下你和班上朋友們的回憶。

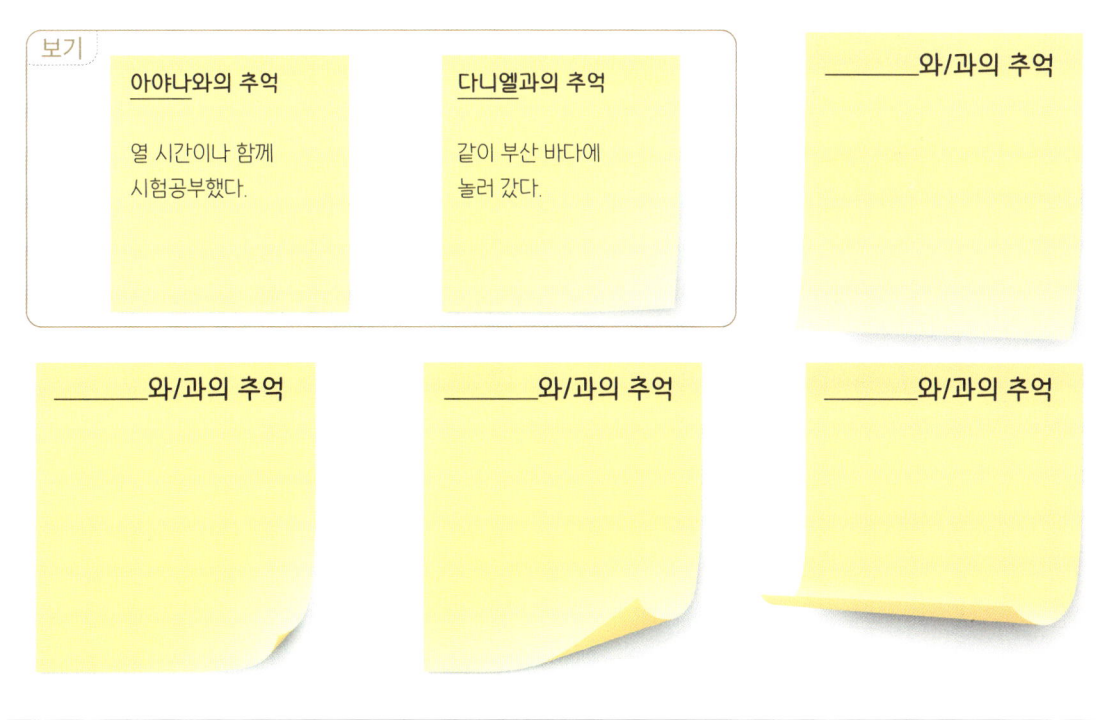

보기

아야나와의 추억
열 시간이나 함께 시험공부했다.

다니엘과의 추억
같이 부산 바다에 놀러 갔다.

_____와/과의 추억

_____와/과의 추억

_____와/과의 추억

_____와/과의 추억

전날 前一天   중간시험 期中考   추억 回憶

18-2. 한국에 온 지 벌써 6개월이나 됐다　161

3 친구들에게 해 주고 싶은 말이 있어요? 선생님께 받은 메모지에 써 보세요.
你有什麼話想對朋友們說嗎？請寫在老師發的便條紙上。

> 보기
>
> 아야나 씨,
> 우리가 만난 지 벌써 3개월이나 됐네요.
> 시험 전날 같이 공부해 줘서 고마워요.
> 아야나 씨 덕분에 시험을 잘 봤어요.
> 3급에서 또 만났으면 좋겠어요.
>
> - 엥흐

4 **3**에서 쓴 메모지를 친구들의 종이에 붙여 주세요.
請把第3題所寫的便條紙貼在朋友的紙上。

문화 / 文化

● **한국에 오는 유학생들이 늘고 있어요.**
來韓留學生正在增加。

한국에 온 유학생들은 보통 얼마 동안 한국어를 공부할까요?
대학교나 대학원에서 어떤 전공을 많이 선택할까요?
졸업 후에 한국에서 뭘 하고 싶어 할까요?

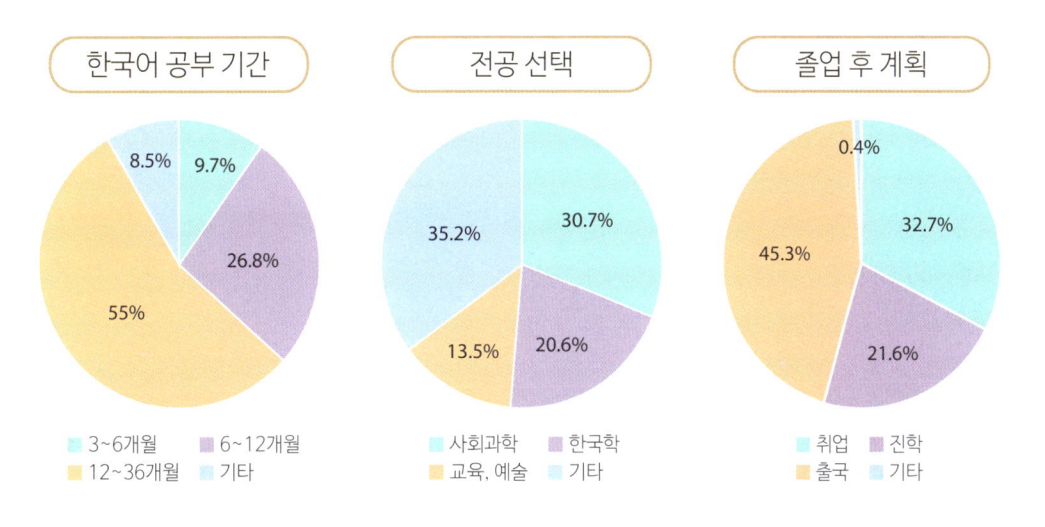

한국어 공부 기간
- 3~6개월: 9.7%
- 6~12개월: 26.8%
- 12~36개월: 55%
- 기타: 8.5%

전공 선택
- 사회과학: 35.2%
- 한국학: 30.7%
- 교육, 예술: 13.5%
- 기타: 20.6%

졸업 후 계획
- 취업: 32.7%
- 진학: 21.6%
- 출국: 45.3%
- 기타: 0.4%

통계청(2020), 법무부, 『이민자체류실태조사』

➢ 여러분의 계획은 뭐예요?

발음 發音

어미 '-(으)ㄹ' 뒤에 오는 'ㄱ, ㅅ, ㅈ'은 [ㄲ, ㅆ, ㅉ]로 발음합니다.
語尾「-(으)ㄹ」後面的「ㄱ、ㅅ、ㅈ」，讀為[ㄲ、ㅆ、ㅉ]。

예) 가: **취직할 수 있을지** 모르겠어요.
　　나: 잘 **될 거예요**. 걱정하지 마세요.

　　가: 고향에 돌아가면 연락하세요.
　　나: 네. 꼭 **연락할게요**.

자기 평가 自我評量

☐ 한국에서 한 일 중에 뭐가 가장 기억에 남아요?
☐ 여러분의 꿈은 뭐예요?

사회과학 社會科學　　교육 教育　　예술 藝術　　취업 就業　　진학 升學　　출국 出國

서울대 한국어+

2B

부록 附錄

활동지 活動學習單
번역 翻譯
듣기 지문 聽力原文
모범 답안 參考答案
어휘 색인 單字索引

11. 음식

식당 이름		음식 종류	
추천 메뉴		서비스	☆☆☆☆☆
맛	☆☆☆☆☆	교통	☆☆☆☆☆
값	☆☆☆☆☆	분위기	☆☆☆☆☆
기타			

식당 이름		음식 종류	
추천 메뉴		서비스	☆☆☆☆☆
맛	☆☆☆☆☆	교통	☆☆☆☆☆
값	☆☆☆☆☆	분위기	☆☆☆☆☆
기타			

식당 이름		음식 종류	
추천 메뉴		서비스	☆☆☆☆☆
맛	☆☆☆☆☆	교통	☆☆☆☆☆
값	☆☆☆☆☆	분위기	☆☆☆☆☆
기타			

13. 감정

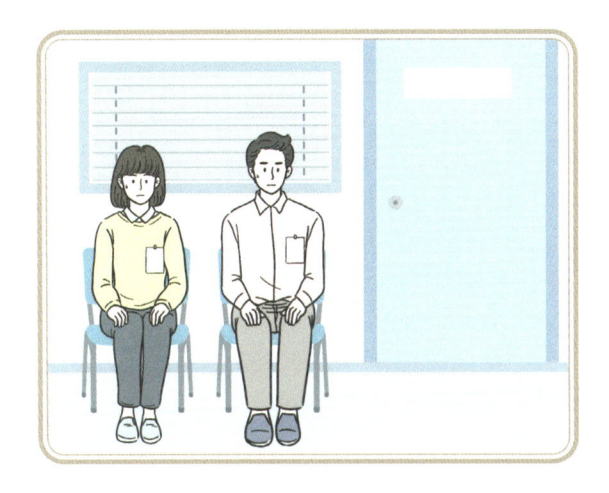

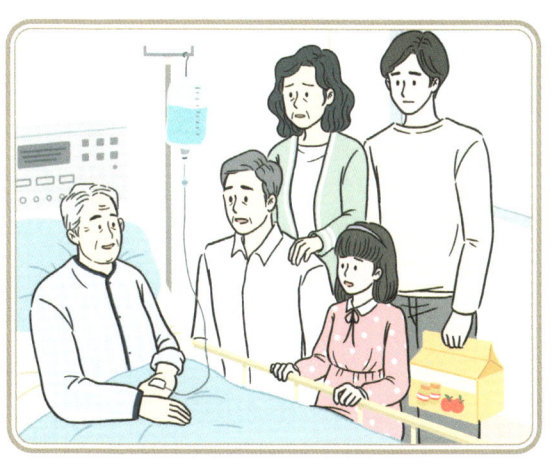

번역 翻譯

말하기 會話

10. 학교생활 校園生活

① 가: 民佑，你晚上要做什麼？
　 나: 沒什麼事。我要在家休息。怎麼了？
　 가: 你可以幫我背單字嗎？
　 나: 嗯，我來幫你。

② 가: 今天考試結束後，要不要去消除壓力？
　 나: 好啊。你想去哪裡呢？
　 가: 去吃好吃的，壓力應該就會消除。
　 나: 那蛋糕怎麼樣？我們去明洞的咖啡廳吧。

③ 珍妮：考試考得好嗎？
　 尼坤：嗯，好像比上次考得好。
　 珍妮：我也是。可是我覺得口說考試有點難。你呢？
　 尼坤：我口說考試還可以。
　 珍妮：真的嗎？應該是你常和韓國朋友聊天的關係吧。
　 尼坤：但是我覺得閱讀考試有點難。
　　　　你讀了很多次，應該難不倒你吧？
　 珍妮：嗯，我總覺得閱讀考試比口說考試簡單。
　 尼坤：我們從今天開始一起練習口說和閱讀，怎麼樣？
　 珍妮：好主意。就這麼辦。

11. 음식 食物

① 가: 你平常在哪裡吃飯？
　 나: 我都在媽媽手餐廳吃，那裡東西好吃。
　 가: 是嗎？我也想去。
　 나: 我這個週末也要去，有空的話一起去吧。

② 가: 你要吃什麼？
　 나: 種類很多耶。你打算吃什麼啊？
　 가: 這裡的豆腐鍋很好吃。我要吃豆腐鍋。
　 나: 那我也要吃看看豆腐鍋。

③ 宥　真：你要吃什麼？
　 艾瑞克：不知道耶，我第一次來這間餐廳。這裡有什麼好吃的嗎？
　 宥　真：這間餐廳的豆腐鍋最有名。你要不要也吃看看那個？
　 艾瑞克：我不太能吃辣，豆腐鍋好像很辣。我要吃看看別的。
　 宥　真：那大醬鍋怎麼樣？大醬鍋味道也不錯，吃看看吧。
　 艾瑞克：好啊，那我要吃大醬鍋。
　 宥　真：你好，請給我一個豆腐鍋和一個大醬鍋。

12. 외모와 성격 外表和性格

① 가: 姐，這雙黑色運動鞋怎麼樣？
　 나: 這個嘛，好像和那件牛仔褲不太搭。
　 가: 那穿白色的呢？
　 나: 嗯，那樣似乎好一點。

② 가: 這個穿綠色T恤的小孩是安娜你嗎？
　 나: 不是，那是我姐姐。
　 가: 那安娜你是哪一個呢？
　 나: 旁邊戴黃色帽子的小孩是我。

③ 珍妮：阿海，那個人是誰啊？
　 阿海：哪一位？剛才和我說話的人嗎？
　 珍妮：是的，穿著黑色毛衣的男生。
　 阿海：穿著黑色毛衣，揹著灰色背包的人？
　 珍妮：嗯，沒錯。
　 阿海：喔，那是我社團學長。
　 珍妮：是嗎？好像在哪裡看過，但是想不起來，所以才問你的。
　 阿海：學長在學校前面的咖啡廳打工。也許是在那邊看過的吧。

13. 감정 情感

① 가: 最近很煩燥。
　 나: 怎麼了？發生什麼事了嗎？
　 가: 因為打工，每天都很晚才回家。
　　　 要是可以休息一下就好了。
　 나: 不要太勉強了，週末稍微休息一下吧。

② 가: 有什麼好事嗎？你看起來心情很好。
　 나: 嗯，週末決定和家人一起去濟州島旅行。
　 가: 哇，真好。
　 나: 嗯，我很期待喔。

③ 丹尼爾：宥真，你看起來心情不太好。
　 宥　真：嗯，妹妹讓我很煩燥。
　 丹尼爾：怎麼了？發生什麼事了嗎？
　 宥　真：妹妹偷穿我最寶貴的鞋子出門了。

丹尼爾：真的嗎？你肯定很難過。
宥　真：這次不是第一次了，所以我才更生氣。
丹尼爾：我弟弟也常那樣，所以我們常吵架。要不要跟妹妹好好講一下？
宥　真：嗯，我打算今天講。

14. 인생 人生

❶ 가: 好久不見，這段時間過得好嗎？
　 나: 嗯，過得很好。你也沒什麼事吧？
　 가: 我明年要上大學了。
　 나: 哇，真心恭喜你。

❷ 가: 你好，大叔。
　 나: 你好，艾瑞克。最近過得如何？
　 가: 多虧大叔的幫助，我過得很好。
　 나: 太好了。有什麼事隨時聯絡我喔。

❸ 丹尼爾：喂？娜娜。好久不見。
　 娜　娜：好久不見，丹尼爾。這段時間過得好嗎？
　 丹尼爾：嗯，雖然我忙著研究所的課業，但是過得很好。娜娜你呢？
　 娜　娜：我也過得很好。我有一個好消息，第一個就打電話給你了。
　 丹尼爾：是嗎？是什麼事呢？
　 娜　娜：我這次考上研究所了。
　 丹尼爾：哇，太棒了。恭喜你。
　 娜　娜：多虧丹尼爾你幫我準備文件，我才可以入學。真的很感謝你。
　 丹尼爾：哪裡。感謝你告訴我好消息。
　　　　　再次恭喜你。

15. 집 房屋

❶ 가: 這間房子怎麼樣呢？房間很大，住起來會很舒適的。
　 나: 真不錯。房租多少呢？
　 가: 50萬元。
　 나: 有點貴耶。我可以看看其他房子嗎？

❷ 가: 這個月電費太貴了。
　 나: 多少錢呢？
　 가: 5萬元。
　 나: 那有點奇怪。我們家只有3萬元。請你問問看房東。

❸ 仲　介：歡迎光臨。
　 阿雅娜：您好，我正在找房子。
　 仲　介：要找什麼樣的房子呢？
　 阿雅娜：我在找套房，希望交通方便的。
　 仲　介：您的預算多少呢？
　 阿雅娜：我的預算是保證金1千萬，月租50萬元左右。
　 仲　介：正好有一間不錯的房子，您要不要去看看？
　　　　　到地鐵站只要5分鐘。
　 阿雅娜：房間大嗎？
　 仲　介：嗯，房間很大，附近也安靜，住起來會很舒適的。

16. 예절 禮儀

❶ 가: 韓國的禮儀和我們國家很不一樣。
　 나: 哪裡不一樣呢？
　 가: 在我們國家，吃飯的時候要把碗拿起來，但是韓國把碗放在餐桌上。
　 나: 真的嗎？了解文化差異真有趣。

❷ 가: 賈蜜拉，為什麼你低頭打招呼呀？
　　　不用低頭也沒關係。
　 나: 可以這樣嗎？
　　　在韓國不是應該低頭打招呼嗎？
　 가: 只有對年長者打招呼的時候，才要低頭打招呼。
　 나: 啊，是嗎？謝謝你告訴我。

❸ 安　娜：我今天發生了有點丟臉的事情。
　 民　佑：發生了什麼事情呢？
　 安　娜：我見到了鄰居奶奶，向她揮手打招呼。
　 民　佑：哎呀，在韓國見到年長者，要低頭打招呼才可以。
　 安　娜：嗯，我也知道，但是在我們國家，揮手打招呼也沒關係。
　　　　　所以我常弄錯。
　 民　佑：所以後來怎麼了呢？
　 安　娜：奶奶笑著教我該怎麼做才對。
　 民　佑：每個國家的禮儀都不同，犯錯是難免的。
　　　　　安娜你很快也會熟悉的。

17. 문화 文化

❶ 가: 您為什麼會來韓國呢？
　 나: 因為我對韓國的流行很感興趣，所以來韓國。
　 가: 您目前在做什麼呢？
　 나: 我正在學韓文，以便在大學學習設計。

❷ 가: 你放長假的時候要做什麼啊？
　 나: 我想看韓國傳統表演，所以買好票了。
　 가: 是嗎？在哪裡可以看到啊？我也想看。
　 나: 去國立國樂院就可以看到了。
　　　我來告訴你怎麼做。

❸ 艾瑞克：你今天下課後要做什麼？
　 賈蜜拉：我和朋友說好要去看表演了。
　 艾瑞克：什麼表演啊？
　 賈蜜拉：K-POP演唱會。為了看這場表演，我一個月前就買好票等著了。
　 艾瑞克：一定很好玩。你什麼時候開始喜歡上K-POP呢？
　 賈蜜拉：我去年夏天跟朋友去演唱會，從那時候開始產生興趣的。
　　　　　歌手又會唱歌，又會跳舞，真的很棒。
　 艾瑞克：真的嗎？我也想去看K-POP演唱會。
　 賈蜜拉：那下次有不錯的表演，我再推薦給你。你肯定也會喜歡上的。

18. 추억과 꿈 回憶和夢想

❶ 가: 明天開始就放假了。
　　　這學期順利結束，真開心。
　 나: 我也很開心，但是有些惋惜。
　 가: 為什麼？
　 나: 因為我必須回故鄉了。

❷ 가: 週末朋友要來首爾，我不知道該做什麼才好。
　 나: 花已經盛開了，去賞櫻花吧。
　 가: 好主意，謝謝你。
　 나: 沒事的，祝你週末愉快。

❸ 娜　娜：這學期已經結束了呢。
　 丹尼爾：對啊。時間真的過得很快耶。
　 娜　娜：丹尼爾你至今在韓國做過的事情中，印象最深刻的是什麼呢？
　 丹尼爾：印象最深刻的是去年秋天去爬山。楓葉轉紅，真的很漂亮。
　　　　　娜娜你呢？
　 娜　娜：我是學習韓字。其他朋友很快就學會了，我卻覺得很難。
　 丹尼爾：真的嗎？你現在韓文這麼好耶。
　 娜　娜：我從那時候開始非常努力學習韓文。雖然學習很累，但是很有趣。
　　　　　丹尼爾你下學期也會繼續學習嗎？
　 丹尼爾：沒有。我想去公司上班，但是不知道能不能成功。
　 娜　娜：丹尼爾你韓文說得很好，很快就能找到工作的。

聽力原文 듣기 지문

10. 학교생활 校園生活

❶ 여1: 여러분, 숙제 공책 가져가세요.
학생들: 네. 감사합니다.
여2: 아, 이 문법을 틀렸네. 크리스, 너는 이거 이해했지? 이거 설명 좀 해 줄 수 있어?
남: 나도 이 문법은 아직 잘 모르겠어.
여2: 그럼 우리 둘이 고민하지 말고 쉬는 시간에 선생님께 다시 질문하자.
남: 그래, 좋아.

❷ 남: 나나, 시험 잘 봤어?
여: 응. 전보다 잘 본 것 같아. 너는?
남: 난 이번에도 점수가 별로 안 좋아. 단어를 자꾸 잊어버려서 걱정이야. 넌 단어를 어떻게 외워?
여: 난 수업 시간에 새로운 단어를 배우면 집에서 여러 번 쓰면서 큰 소리로 읽어.
남: 아, 그래?
여: 그리고 단어 옆에 그림도 그리고 단어를 사용해서 책에 없는 문장도 만들어 봐.
남: 그거 재미있는 방법이네.
여: 너도 한번 해 봐.
남: 그래, 나도 한번 해 볼게. 고마워.

11. 음식 食物

❶ 남: 유진 씨, 지금 마시고 있는 게 뭐예요?
여: 인삼차예요. 요즘 기운이 없고 피곤해서 아침마다 마시고 있어요.
남: 그래요? 맛있어요?
여: 아니요. 맛은 좀 쓰지만 건강에 좋아서 마셔요. 한번 마셔 볼래요?
남: 으, 정말 쓰네요.

❷ 남: 오늘은 켈리 씨를 위해서 비빔밥을 준비했어요.
여: 비빔밥이요? 한국 드라마에 자주 나와서 한번 먹어 보고 싶었어요.
남: 잘됐네요. 많이 드세요.
여: 비빔밥에는 채소가 많이 들어가서 건강에 좋을 것 같아요.
남: 맞아요. 그리고 이거는 불고기라고 하는데 한국의 대표 음식이에요.
여: 여기에 넣어서 먹는 거예요?
남: 고기를 좋아하면 넣고, 안 좋아하면 넣지 말고 그냥 드세요.
여: 그럼 넣어서 먹어 볼래요. 이건 뭐예요?
남: 고추장이에요. 조금 매운데 매운 것을 잘 못 먹으면 조금만 넣으세요.
여: 네. 음, 정말 맛있네요. 고마워요, 민우 씨.

12. 외모와 성격 外表和性格

❶ 여: 안내 말씀 드립니다.
빨간색 티셔츠를 입고 노란색 가방을 메고 있는 5살 남자 아이를 찾고 있습니다. 이 아이와 함께 계시거나 아이를 보신 분은 안내 데스크 직원에게 말씀해 주십시오.

❷ 남: 아야나 씨, 기분이 안 좋아 보여요.
여: 조금 전에 좀 창피한 일이 있었어요.
남: 왜요? 무슨 일이 있었는데요?
여: 제 친구 할머니가 돌아가셔서 장례식장에 갔다 왔어요. 그런데 수업 끝나고 시간이 없어서 옷을 못 갈아입고 그냥 갔어요.
남: 이 노란색 원피스를 입고 갔어요?
여: 네. 장례식장에서 이렇게 입고 있으니까 사람들이 모두 저만 쳐다봤어요.
남: 그래도 친구는 아야나 씨가 가 줘서 힘이 났을 거예요.

13. 감정 情感

❶ 여: 하이 씨, 기분이 좋아 보이네요.
남: 네. 다음 주에 휴가를 내서 강릉으로 여행 가기로 했어요.
여: 그래요? 정말 좋겠어요.
남: 네. 그동안 일 때문에 계속 여행을 못 가서 너무 힘들고 답답했어요. 강릉 바다를 생각하면 벌써 신나요.
여: 가서 잘 쉬고 오세요.

❷ 남: 안녕하세요, 여러분. '1분 인터뷰'입니다. 오늘은 행복 연구소 김민정 선생님이 나오셨습니다. 선생님, 어떻게 하면 아이와 대화를 잘 할 수 있을까요?
여: 대화를 잘하려면 무엇보다 아이의 마음을 이해해야 합니다. 아이가 "성적 때문에 속상해요."라고 하면 보통 부모들은 어떻게 대답할까요?
남: 글쎄요. "주말마다 아빠하고 같이 공부할까?"
여: 사람들은 보통 고민을 들으면 조언을 해 주려고 합니다. 그렇지만 조언보다는 먼저 "그래, 정말 속상하겠다." 이렇게 말해 주는 것이 필요합니다.
남: 조언보다는 먼저 아이의 마음을 알아주는 것이 중요하군요. 좋은 말씀 감사합니다.

14. 인생 人生

❶ 남1: 크리스 씨는 호주에서 요리사였지요? 언제부터 요리를 했어요?
남2: 대학생 때 식당에서 아르바이트를 하면서 요리를 배우게 됐어요. 에릭 씨는 몇 살 때부터 축구 선수가 되고 싶었어요?
남1: 여섯 살 때부터요. 저는 축구가 정말 좋았어요. 그런데 아이들에게 운동을 가르치는 것도 재미있을 것 같아서 선생님이 되려고 대학원에서 공부를 하게 됐어요.

듣기 지문 171

남2: 그렇군요. 에릭 씨는 활발하고 친절해서 좋은 선생님이 될 것 같아요.

❷ 남: 유진 씨, 축하해요!
여: 네? 축하요…?
남: 아직 회사 홈페이지 못 봤어요? 빨리 보세요. 유진 씨 이번에 승진했어요.
여: 어머, 정말요? 몰랐어요.
…
감사합니다, 선배님. 모두 선배님 덕분이에요.
남: 아니에요. 유진 씨가 그동안 회사 일을 열심히 잘해서 빨리 승진하게 된 거예요.
여: 이 회사에 취직하고 처음에는 모르는 것도 많고 실수도 많이 했어요. 그런데 선배님께서 하나하나 가르쳐 주신 덕분에 회사 일에 빨리 익숙해졌어요.
남: 그렇게 말해 주니까 저도 기분이 참 좋네요. 다시 한번 축하해요.
여: 앞으로 더 열심히 일하겠습니다. 감사합니다.

15. 집 房屋

❶ 여: 어서 와. 집 찾기 힘들지 않았어?
남: 지하철역에서 가까워서 쉽게 찾았어. 이사한 거 축하해. 집이 정말 좋다.
여: 고마워.
남: 햇빛이 잘 들어오네. 집이 밝아서 따뜻해 보여.
여: 응. 전망도 좋고 시끄럽지 않아서 살기 좋아.

❷ 남: 나 다시 이사해야 할 것 같아.
여: 왜? 얼마 전에 이사하지 않았어?
남: 맞아. 한 달밖에 안 살았는데 윗집이 너무 시끄러워서 공부를 할 수가 없어. 윗집 아이들이 계속 뛰어다녀.
여: 윗집에 가서 얘기해 봤어?
남: 응. 그런데 아이들이 어려서 말을 안 듣는 것 같아. 그래서 다시 이사하려고.
여: 바로 이사할 수 있어?
남: 응. 집주인한테 말했는데 다음 주면 나갈 수 있을 것 같아. 너 사는 집은 조용해?
여: 응. 조용하고 시설도 좋아서 살기 편해.
남: 빈방이 있을까?
여: 내가 집주인에게 물어봐 줄까?
남: 그래. 한번 물어봐 줘. 고마워.

16. 예절 禮儀

❶ 여: 안녕하세요. 이번 학기에 함께 동아리 활동을 하게 된 자밀라입니다.

남: 안녕하세요. 저는 닛쿤이에요. 실례지만 자밀라 씨는 나이가 어떻게 되세요?
여: 19살이에요. 닛쿤 씨는요?
남: 어? 저도 19살인데요. 나이가 같으니까 말 놓아도 될까요?
여: 그렇게 할까요? 잘 부탁해.
남: 그래. 우리 앞으로 친하게 지내자.

❷ 남: 민주야, 어서 먹자.
여1: 할아버지랑 엄마 먼저 드세요.
남: 우리 민주가 예절을 참 잘 배웠구나.
여1: 할아버지, 나 포크로 먹어도 돼?
여2: 민주야, 할아버지께는 존댓말을 써야 해.
여1: 아.
남: 괜찮아. 그런데 민주가 아직 젓가락질할 줄 모르지?
여2: 요즘 연습하고 있는데 아직 잘 못해요.
남: 그래? 조금만 기다려. 포크 가져다줄게.
여1: 잘 먹겠습니다.
남: 이 김밥이랑 떡볶이는 내가 민주 주려고 특별히 만든 거야. 맛있지?
여1: 네. 김밥은 맛있는데 떡볶이는 매워요. 물 주세요.
남: 민주가 아직 매운 걸 잘 못 먹는구나. 그럼 김밥을 많이 먹어.
여1: 네. 할아버지도 많이 드세요.

17. 문화 文化

❶ 여: 뭐 보고 있어?
남: 사물놀이 동영상 보고 있어.
여: 사물놀이가 뭔데?
남: 네 가지 악기로 연주하는 한국의 전통 음악인데 아주 재미있어. 너도 볼래?
여: 와, 정말 신난다.
남: 난 방학에 사물놀이 수업을 들으려고 국립국악원에 신청해 놓았어.
여: 그래? 재미있겠다. 지금도 신청할 수 있을까?
남: 아마 할 수 있을 거야. 홈페이지에 들어가 봐.

❷ 남: 저는 지금 케이팝 콘서트장 앞에 나와 있습니다. 요즘 세계적으로 한국 아이돌의 인기가 많은데요. 이 콘서트장에도 다양한 국적의 팬들이 모여 있습니다. 그중 한 분과 이야기를 나눠 보겠습니다. 안녕하세요? 어디에서 오셨습니까?
여: 프랑스에서 왔어요.
남: 얼마 동안 기다리셨습니까?
여: 다섯 시간 동안 기다렸어요.
남: 한국말을 잘하시네요.
여: 네. 오빠들과 말하기 위해 한국어를 열심히 배웠어요.
남: 누구를 보러 오셨나요?

여: '비앤비(BnB)'요. 오빠들 노래가 너무 좋아요. 힘들 때마다 오빠들 노래를 들으면 힘이 나요.

남: 지금 들고 계신 것은 무엇입니까?

여: 다른 팬들하고 같이 먹을 빵이에요. 오늘 기다리면서 먹으려고 어제 미리 만들어 놓았어요.

남: 네. 인터뷰 감사합니다. 공연 즐겁게 보세요.

18. 추억과 꿈 回憶和夢想

❶ 여: '아침의 라디오' 가족 여러분, 안녕하세요?

요즘 봄바람이 따뜻하게 불어서 기분이 좋으시지요? 산에는 예쁜 꽃들이 피었는데 꽃구경 갔다 오셨어요? 저는 요즘 바빠서 언제 갈 수 있을지 모르겠네요.

저처럼 바쁜 '아침의 라디오' 가족들에게 여러분이 찍은 예쁜 봄 사진을 보여 주세요. '아침의 라디오' 홈페이지 게시판에 사진을 올려 주시는 분들 중 다섯 분을 뽑아서 커피 쿠폰을 보내드릴게요.

❷ 남: 난 이번 학기가 끝나고 고향에 돌아가게 됐어.

여: 정말? 왜?

남: 집에 일이 좀 있어서.

여: 그래? 나중에 다시 한국에 올 거지?

남: 글쎄, 다시 오고 싶기는 한데 언제 올 수 있을지 모르겠어. 그동안 누나가 부모님 일을 도와드렸는데 결혼해서 외국에 가게 됐어. 그래서 이제는 내가 도와드려야 돼.

여: 네가 돌아가게 돼서 너무 아쉬워.

남: 나도 우리 반 친구들이 많이 그리울 거야.

여: 고향에 돌아가기 전에 하고 싶은 일 없어?

남: 친구들하고 같이 사진을 많이 찍고 싶어.

여: 그럼 이번 학기가 끝나기 전에 같이 단풍 구경 가서 사진 찍자.

남: 좋아. 친구들한테 연락해서 날짜를 정하자.

모범 답안

10. 학교생활 校園生活

듣기 1	1) ○	2) ×
듣기 2	1 ①	2 ②

읽기 1	③	
읽기 2	1 ①	2 ③

11. 음식 食物

듣기 1	1 인삼차	2 써요, 쓴맛
듣기 2	1 ③	2 ①

읽기 1	1) ○	2) ○
읽기 2	1 ②	2 ③

12. 외모와 성격 外表和性格

듣기 1	1) ○	2) ×
듣기 2	1 장례식장에 노란색 옷을 입고 가서
	장례식장에 옷을 잘못 입고 가서
	2 ①

읽기 1	②	
읽기 2	1 ①	2 ①

13. 감정 情感

듣기 1	③	
듣기 2	1 ②	2 ②

읽기 1	②, ③	
읽기 2	1 ③	2 ③

14. 인생 人生

듣기 1	1) ×	2) ×
듣기 2	1 ①	2 ①

읽기 1	1) ×	2) ○	3) ×
읽기 2	1 (②) - (④) - (①) - (③)
	2 ①

15. 집 房屋

듣기 1	③, ④	
듣기 2	1 ①	2 ①

읽기 1	①	
읽기 2	1 ①	2 ①

16. 예절 禮儀

듣기 1	①	
듣기 2	1 ②	2 ①

읽기 1	1) ×	2) ○
읽기 2	1 ②	2 ③

17. 문화 文化

듣기 1	1) ×	2) ○
듣기 2	1 ②	2 ①

읽기 1	①	
읽기 2	1 한 해 농사를 잘 지은 것
	2 ③

18. 추억과 꿈 回憶和夢想

듣기 1	①	
듣기 2	1 ①	2 ③

읽기 1	③	
읽기 2	1 ②, ③	2 ①

單字索引 어휘 색인

ㄱ

한국어	中文	쪽
가스 요금	瓦斯費	103
가장	最	63
가져다주다	拿給、帶給	47
가지	種（種類的量詞）	138
갈비	排骨	38
갈색	棕色	54
갈아입다	換穿	59
감자탕	馬鈴薯湯	38
값이 비싸다	價格昂貴的	45
값이 싸다	價格便宜的	45
강강술래	強羌水越來	143
거리	距離	110
거실	客廳	109
거절하다	拒絕	77
거짓말하다	說謊	77
걱정되다	擔心	71
걸리다	被掛上去	111
검은색	黑色	54
게시판	佈告欄	154
게으르다	懶惰的	61
게임기	遊戲機	142
결과	結果	80
결혼하다	結婚	87
경비실	警衛室	110
고개를 돌리고 마시다	轉頭喝	119
고개를 숙여서 인사하다	低頭打招呼	118
고기	肉	38
고등학생	高中生	63
고민하다	煩惱	26
고장이 나다	故障	93
고추장	辣椒醬	43
고향에 내려가다	返鄉	141
곡식	穀物	143
공연	表演	126, 134
공연장	表演場	126
공유 주택	共居住宅	115
과거	過去	156
관객	觀眾	126
관계	關係	80
관람	觀賞	126
관리비	管理費	103
관심이 생기다	產生興趣	135
관심이 없다	不感興趣	135
교과서를 사다	買教科書	29
교육	教育	163
교통이 불편하다	交通不便的	45
교통이 편리하다	交通便利的	45
구하다	尋找、徵求	114
국립국악원	國立國樂院	136
국립중앙박물관	國立中央博物館	136
국물	湯	47
국수	麵	38
궁금하다	好奇的	32
그날	那天	95
그때	那時	94
그립다	思念的	111, 150
그해	那年	143
글쎄	這個嘛	56
금방	立刻、馬上	121
금연	禁菸	125
기념하다	紀念	144
기대되다	期待	72
기쁘다	快樂的	70
기숙사	宿舍	108
기억에 남다	印象深刻	94, 150
기억이 나다	記得	57
긴장되다	緊張	71
김치박물관	辛奇博物館	136
까만색	黑色	54
께서	主格助詞（尊稱）	121
꽃이 피다	花開	151
꿈꾸다	夢想、立志	157
꿈을 가지다	懷抱夢想	157

꿈을 이루다	實現夢想	157
끝내다	結束	74
끼다	戴（戒指、眼鏡等）	55

ㄴ

나뭇잎이 떨어지다	樹葉掉落	151
(드라마에) 나오다	出現在（韓劇裡）	43
남향	朝南	110
낳다	生產	62
내성적이다	內向的	61
넘어지다	跌倒	92
노란색	黃色	54
노력하다	努力	157
녹색	綠色	54
놀랍다	受驚嚇的	78
놀이공원	遊樂園	72
농사를 짓다	務農	143
높임말	敬語	35
높임말/존댓말을 하다	說敬語	118
놓치다	錯過	92
눈썹이 연하다	眉毛稀疏的	60
눈썹이 진하다	眉毛濃密的	60
눈이 내리다	下雪	151
느긋하다	從容的	61
느낌	感受	112
늘다	增加	158

ㄷ

다리를 꼬고 앉다	翹二郎腿	119
다행이다	幸好	88
단풍이 들다	楓葉轉紅	151
달다	甜的	39
닮다	相像	63
답답하다	鬱悶的	70
답변	答覆	31
답장을 보내다	回信	28
당황하다	慌張	95

대	輛、台（汽車的量詞）	110
대답하다	回答	22
대표	代表	43
대학로	大學路	136
대화를 하다	對話	75
댓글	留言	62
돌보다	照顧	143
돌아가시다	過世	59
동네	社區	111
동료	同事	78
동아리	社團	57
된장찌개	大醬鍋	38
두 손으로 드리다	雙手給	118
드디어	終於	142
듣기	聽力	23
들다	拿起	120
등	等	31
등록금	學費	29
등록하다	註冊	29
디자이너	設計師	159
따르다	跟著	137
때	時候	63
떡국	年糕湯	140
떨어뜨리다	弄掉	92
떨어지다	落榜、未通過	157
뛰다	跑	124
뛰어다니다	跑跳	107

ㄹ

라디오	收音機、廣播節目	154
라면	泡麵	38
레몬차	檸檬茶	41

ㅁ

마당	庭院	109
마지막	最後	95
마침	正好	105

막차	末班車	95
만남	見面	64
말을 놓다	放輕鬆交談（不必用敬語）	122
말하기	口說	23
맛	味道	45
맞다	答對	23
매우	非常	63
매일매일	每一天	142
메뉴	菜單	45
메다	揹（背包）	55
면접	面試	59
명절	節日	140
모델	模特兒	159
모습	模樣	95
모양	形狀	143
목도리	圍巾	56
몰래	偷偷地	73
묘	墳墓	143
무료	免費	31
문법	文法	26
문에 기대다	倚靠門	124
문장	句子	27
물냉면	水冷麵	47
뮤지컬	音樂劇	134
미끄러지다	滑倒	92
미래	未來	156

ㅂ

바라다	希望	64
반	班級	63
반달	半月	143
반말	半語	35
반말을 하다	說半語	118
반입하다	帶入	126
반찬	小菜	51
발을 올리다	抬腳	124
발표하다	發表	22

밟다	踩	127
밤늦다	夜深的	95
밥	飯	38
밥그릇	飯碗	120
방문	現場	31
방이 넓다	房間寬敞的	102
배달	配送	47
벌써	已經	74
베란다	陽臺	109
벽	牆壁	111
변화	變化、轉變	145
별일 없다	沒什麼事	24
보라색	紫色	54
보름달	滿月	143
보증금	保證金	105
볶음밥	炒飯	38
봄바람	春風	154
부동산	不動產	107
부딪히다	撞上	92
부지런하다	勤奮的	61
부탁하다	拜託	77
분명히	肯定	137
분위기가 나쁘다	氣氛糟的	45
분위기가 좋다	氣氛好的	45
분홍색	粉紅色	54
불이 나다	失火	93
비빔국수	辣拌麵	41
비슷하다	相似的	63
빈방	空屋	107
빌라	集合住宅	108
빨간색	紅色	54
빼다	拿掉、減去	49

ㅅ

사고가 나다	發生事故	93
사고를 당하다	遭遇事故	97
사과하다	道歉	127

사귀다	交往	77
사랑에 빠지다	墜入愛河	86
사물놀이	四物農樂	134
사용하다	使用	35
사이가 가깝다	關係親近的	76
사이가 멀다	關係疏遠的	76
사이가 나쁘다	關係不好的	76
사이가 좋다	關係良好的	76
사장님	社長、老闆	88
사진 촬영 금지	禁止攝影	125
사회과학	社會科學	163
삼계탕	蔘雞湯	38
상을 받다	獲獎	29
새로 지었다	新蓋好	103
색	顏色	54
색깔	顏色	54
생각나다	想起	95
생기다	長相	64
서두르다	急忙	110
서비스가 나쁘다	服務不好的	45
서비스가 좋다	服務好的	45
서예	書法	136
선배	前輩、學長姐	57
설날	大年初一	140
설명하다	說明	22
성격이 급하다	性格急躁的	61
성묘하다	掃墓	141
성적	成績	75
세계	世界	158
세계적	世界級的	139
세배하다	拜年	141
세뱃돈을 받다	領壓歲錢	141
소리	聲音	24
소식	消息	89
소원을 빌다	祈求願望	141
속상하다	傷心的	71
손을 흔들면서 인사하다	揮手打招呼	118

송편	韓國松餅	140
수도 요금	水費	103
수료하다	修畢	29
수저	湯匙筷子	127
순두부찌개	豆腐鍋	38
술	酒	129
스케이트	溜冰	152
스트레스가 풀리다	壓力被消除	24
스트레스를 풀다	消除壓力	24
승진하다	升遷	87
시끄럽다	吵鬧的	106
시다	酸的	39
시설이 좋다	設施優良的	102
시키다	點餐	40
식탁	餐桌	120
식혜	甜米釀	140
신나다	興奮的	70
실수하다	犯錯	91
싱싱하다	新鮮的	46
싸우다	吵架	77
쌍꺼풀이 없다	沒有雙眼皮	60
쌍꺼풀이 있다	有雙眼皮	60
쓰기	寫作	23
쓰다	苦的	39
씨름	摔跤	143
씩	平均、各	42

ㅇ

아기를 낳다	生小孩	87
아끼다	珍惜	73
아나운서	主播	90
아쉽다	惋惜的	150
아이돌	偶像	139
아이를 키우다	養育小孩	87
아저씨	大叔	88
아주머니	大媽	88
아파트	公寓	108

악기	樂器	138
안내 데스크	詢問台	58
알	粒、顆（藥丸，藥片的量詞）	42
알아주다	認可	75
야단맞다	被罵	123
양식	西餐	44
어깨가 넓다	肩膀寬的	60
어깨가 좁다	肩膀窄的	60
어느 날	某天	95
어떤	某個	94
어른	年長者	120
얼음이 얼다	結冰	151
엘리베이터	電梯	94
연구소	研究中心	75
연극	戲劇	134
연날리기	放風箏	147
연주하다	演奏	138
옆집	隔壁鄰居	63
예술	藝術	163
예절	禮儀	120
오래되다	老舊的	103
오피스텔	住商大樓	108
올리다	提升	75
완료	完成	126
외롭다	孤單的	70
외모	外表	63
외우다	背、記	22
우산	雨傘	95
운전사	司機	90
원룸	套房	105, 108
월세가 싸다	月租便宜的	102
윗집	樓上	107
유학	留學	32
유학생	留學生	158
윷놀이하다	玩擲柶	141
은퇴하다	退休	87
을/를 위해서	為了（某個目的、某人）	42

음력	農曆	143
음식물 반입 금지	禁止攜帶飲食	125
음악회	音樂會	134
의미	意義	144
이름을 부르다	呼喊名字	119
이마가 넓다	額頭寬的	60
이마가 좁다	額頭窄的	60
이메일을 쓰다	撰寫郵件	28
이메일을 지우다	刪除郵件	28
이메일을 확인하다	確認郵件	28
이번	這次	27
이상하다	奇怪的	104
이상형	理想型	65
이야기를 나누다	聊天	139
이웃	鄰居	107
이해하다	理解	22
익숙하다	熟悉的	78
인기가 많다	大受歡迎	135
인기가 없다	不受歡迎	135
인삼차	人蔘茶	41
인생	人生	86
인천	仁川	24
인터뷰	採訪	75
일식	日料	44
일어서다	起身	120
읽기	閱讀	23
잃어버리다	遺失	92
입안	嘴裡	159
잊어버리다	忘記	22

ㅈ

자리를 양보하다	讓座	124
잘되다	順利	43
잘 부탁하다	多多關照	122
잡다	抓	127
장갑	手套	56
장단점	優缺點	112

장례식장	靈堂	59
장마가 시작되다	梅雨季開始	151
장학금을 받다	獲頒獎學金	29
재료	材料	143
전공하다	主修	136
전기 요금	電費	103
전날	前一天	161
전망이 좋다	視野良好的	102
전하다	傳遞、傳達	90
점	分數；方面	112
점심시간	午休時間	78
접수를 받다	收件	31
젓가락질	用筷姿勢	123
정장	西裝	59
조건	條件	114
조상	祖先	143
조언하다	建議	75
졸업하다	畢業	86
종류	種類	40
주변이 조용하다	附近安靜的	102
주차	停車	110
주차 금지	禁止停車	125
주택	獨棟住宅	108
주황색	橘色	54
죽다	死亡	87
줄을 서다	排隊	124
줍다	撿拾	94
중간시험	期中考	161
중개인	仲介	105
중식	中餐	44
중요하다	重要的	75
즐겁다	開心的	70
지난가을	去年秋天	153
지난번	上次	25
지역	地區	143
지원하다	報名	31
지키다	遵守、維持	123
직장	職場	78
직접	直接地	159
진학	升學	163
질문하다	提問	22
집주인이 좋다	房東好的	102
짓다	建造	110
짜다	鹹的	39
짜증이 나다	煩躁	71
찌개	鍋	38

ᄎ

차	車	113
차례를 지내다	祭祖	141
차이	差別	120
착하다	善良的	61
창피하다	丟臉的	59, 71
채소	蔬菜	43
채식	素食	34, 44
챙기다	照顧	88
청바지	牛仔褲	56
체험	體驗	136
쳐다보다	盯著看	59
초등학교	國小	97
초등학생	小學生	63
초록색	綠色	54
최근	最近	158
추석	中秋	140
추억	回憶	161
추천	推薦	45
출국	出國	163
출입 금지	禁止進入	125
취업	就業	163
치즈	起司	43
치킨	炸雞	38
친척	親戚	142

ㅋ

칼국수	刀削麵	38
코끼리	大象	58
콘서트	演唱會	134
콘서트장	演唱會場地	139
쿠폰	優惠券	154
크기	大小	107
크다	長大	62
큰길	大馬路	107

ㅌ

탕	湯	38
태어나다	出生	86
태풍이 오다	颱風到來	151
특별히	特別地	123
트럭	卡車	90
틀리다	答錯	23

ㅍ

파란색	藍色	54
패션	流行	136
편안하다	舒適的	79
포크	叉子	123
피시방	網咖	24

ㅎ

하나하나	一一地	91
하늘색	天藍色	54
하다	戴（領帶、圍巾等）	55
하루 종일	一整天	81
하얀색	白色	54
학교생활	校園生活	26
학기	學期	29
학생증을 받다	領學生證	29
한가위	中秋	143
한과	韓菓	140
한글	韓字、韓古爾（韓國官方中譯名）	153
한 손으로 받다	單手接	118
한식	韓餐	44
합격하다	合格、通過	157
해	年	143
해결	解決	80
햇빛이 잘 들어오다	採光充足的	102
행동	行動、行為	80
행복	幸福	75
행복하다	幸福的	142
헤어지다	分手	77
현관	玄關	109
현재	現在	156
홍대	弘大（弘益大學）	40
화나다	生氣	71
환갑	花甲（60歲）	99
환갑잔치	花甲宴	99
활발하다	活潑的	61
회색	灰色	54
후	之後	31
후기	後記、心得評論	45
후식	餐後甜點	47
후회가 되다	後悔	150
휴가를 내다	請假	74
휴대폰 사용 금지	禁止使用手機	125
흰색	白色	54
힘을 내다	加油	145
힘이 나다	充滿幹勁	59

집필진 編寫團隊

장소원 張素媛	서울대학교 국어국문학과 교수 首爾大學韓國語文學系教授
	파리 5대학교 언어학 박사 巴黎第五大學語言學博士
김현진 金賢眞	서울대학교 언어교육원 대우전임강사 首爾大學語言教育院待遇專任講師
	서울대학교 영어교육학 박사 수료 首爾大學英語教育學博士修了
김슬기 金膝倚	서울대학교 언어교육원 대우전임강사 首爾大學語言教育院待遇專任講師
	서울대학교 국어교육학 석사 首爾大學韓語教育學碩士
이정민 李貞愍	서울대학교 언어교육원 대우전임강사 首爾大學語言教育院待遇專任講師
	서울시립대학교 국어국문학 박사 수료 首爾市立大學韓國語文學博士修了

번역 翻譯

이수잔소명 Lee Susan Somyung	통번역가 口筆譯者
	서울대학교 한국어교육학 석사 首爾大學韓語教育學碩士

번역 감수 翻譯審定

손성옥 Sohn Sung-Ock	UCLA 아시아언어문화학과 교수 UCLA 亞洲語言文化學系教授

감수 審定

김은애 金恩愛	전 서울대학교 언어교육원 대우교수 前首爾大學語言教育院待遇教授

자문 顧問

한재영 韓在永	한신대학교 명예교수 韓神大學名譽教授
최은규 崔銀圭	전 서울대학교 언어교육원 대우교수 前首爾大學語言教育院待遇教授

도와주신 분들 其他協助者

디자인 設計	(주)이츠북스 ITSBOOKS
삽화 插圖	(주)예성크리에이티브 YESUNG Creative
녹음 錄音	미디어리더 Media Leader

> 首爾大學韓國語⁺. 2B / 首爾大學語言教育院著；林侑毅 翻譯. -- 初版. -- 臺北市：日月文化出版股份有限公司，
2025.03
> 184 面；21X28 公分. --（EZ Korea 教材；29）
> ISBN 978-626-7641-05-7（平裝）
>
> 1.CST: 韓語 2.CST: 讀本
>
> 803.28　　　　　　　　　　　　　　　113020066

EZKorea 教材 29

首爾大學韓國語⁺2B

作　　者	首爾大學語言教育院
翻　　譯	林侑毅
編　　輯	郭怡廷
校　　對	凌凡羽、陳金巧
封面製作	初雨有限公司（ivy_design）
內頁排版	唯翔工作室
部分圖片	shutterstock、gettyimagesKOREA
行銷企劃	張爾芸

發 行 人	洪祺祥
副總經理	洪偉傑
副總編輯	曹仲堯
法律顧問	建大法律事務所
財務顧問	高威會計師事務所

出　　版	日月文化出版股份有限公司
製　　作	EZ 叢書館
地　　址	臺北市信義路三段 151 號 8 樓
電　　話	(02) 2708-5509
傳　　真	(02) 2708-6157
客服信箱	service@heliopolis.com.tw
網　　址	http://www.heliopolis.com.tw/
郵撥帳號	19716071 日月文化出版股份有限公司

總 經 銷	聯合發行股份有限公司
電　　話	(02) 2917-8022
傳　　真	(02) 2915-7212
印　　刷	中原造像股份有限公司
初　　版	2025 年 3 月
定　　價	450 元
I S B N	978-626-7641-05-7

원저작물의 저작권자 ⓒ 서울대학교 언어교육원
원저작물의 출판권자 ⓒ 서울대학교출판문화원
번체자 중국어 번역판권 ⓒ 일월문화사
Text Copyright ⓒ Language Education Institute, Seoul National University
Korean Edition ⓒ Seoul National University Press
Chinese Translation ⓒ Heliopolis Culture Group Co., Ltd.
through Kong & Park, Inc. in Korea and M.J. Agency, in Taipei.

◎版權所有‧翻印必究
◎本書如有缺頁、破損、裝訂錯誤，請寄回本公司更換

서울대 한국어+ Student's Book
문법과 표현 2B

서울대학교출판문화원

2B

단원 單元	과 課	문법과 표현 文法與表現
10 학교생활 校園生活	10-1. 우리 같이 시험공부를 하자 我們一起準備考試吧	① 반말 1 ② 반말 2
	10-2. 기숙사를 신청하려면 어떻게 해야 하나요? 我想申請宿舍，該怎麼做才好呢？	③ 動-나요?, 形-(으)ㄴ가요?, 名인가요? ④ 動-(으)려면
11 음식 食物	11-1. 난 순두부찌개 먹을래 我要吃豆腐鍋	① 動-는데, 形-(으)ㄴ데 1 ② 動-(으)ㄹ래요
	11-2. 제가 먹어 본 냉면 중에서 제일 맛있었어요 在我吃過的冷麵中，這個最好吃	③ 名 중에서 ④ 動-아다/어다 주다
12 외모와 성격 外表和性格	12-1. 까만 스웨터를 입고 있어요 身穿黑色的毛衣	① 'ㅎ' 불규칙 ② 動-고 있다
	12-2. 제 친구는 바다처럼 마음이 넓습니다 我朋友的心胸像大海一樣寬廣	③ 名처럼/같이 ④ 動形-았으면/었으면 좋겠다
13 감정 情感	13-1. 너무 속상하겠어요 你肯定很難過	① 名 때문에 ② 動形-겠-
	13-2. 친구들과 친해지고 싶습니다 我想和朋友變熟	③ 動形-(으)ㄹ 때 ④ 形-아지다/어지다
14 인생 人生	14-1. 대학교에 입학하게 됐어요 我進大學就讀了	① 動-(으)ㄴ 덕분에 ② 動-게 되다
	14-2. 고마운 사람을 만난 적이 있습니다 我見過我很感謝的人	③ 形-게 ④ 動-(으)ㄴ 적이 있다/없다

단원 單元	과 課	문법과 표현 文法與表現
15 집 房屋	15-1. 방이 넓어서 살기 좋아요 房間很大，住起來很舒適	① 動-기 形 ② 名밖에
	15-2. 벽에 가족사진이 걸려 있습니다 牆上掛著全家福	③ 動-아/어 있다 ④ 動形-기 때문에, 名(이)기 때문에
16 예절 禮儀	16-1. 반말을 해도 돼요? 可以對你說半語嗎？	① 動-는데, 形-(으)ㄴ데 2 ② 動-아도/어도 되다
	16-2. 공연 중에 사진을 찍으면 안 됩니다 表演中不可以拍照	③ 動-는 중이다, 名 중이다 ④ 動-(으)면 안 되다
17 문화 文化	17-1. 콘서트를 보기 위해서 표를 사 놓았어요 我買好票要去看演唱會	① 動-기 위해(서) ② 動-아/어 놓다
	17-2. 추석은 한국의 큰 명절 중 하나다 中秋是韓國的重大節日之一	③ 動-는다/ㄴ다, 形-다, 名(이)다
18 추억과 꿈 回憶和夢想	18-1. 이번 학기가 끝나서 좋기는 하지만 아쉬워요 這學期結束雖然開心，但是有些惋惜	① 動形-기는 하지만 ② 動形-(으)ㄹ지 모르겠다
	18-2. 한국에 온 지 벌써 6개월이나 됐다 來到韓國已經過了6個月	③ 動-(으)ㄴ 지 ④ 名(이)나 2

서울대 한국어+

單元 10

❶ 반말 1

> 그거 맛이 어때?

> 맵지만 맛있어.

▶ 나와 친한 사람이나 아랫사람에게 사용합니다.
對自己親近的人或晚輩／下屬使用。

▶ 평서문에서 동사나 형용사의 어간에는 '-아/어'를 붙이고 명사에는 '(이)야'를 붙여 사용합니다.
在陳述句中，動詞或形容詞詞幹後面接「-아/어」，名詞後面接「(이)야」。

動/形	ㅏ, ㅗ ➡ -아	만나다	**만나**
	그 외 모음 ➡ -어	맛있다	**맛있어**
	하다 ➡ 해	따뜻하다	**따뜻해**

名	이야	학생	**학생이야**
	야	친구	**친구야**

예 가: 지금 뭐 **해**?　　　　　　가: 뭐 **하고 싶어**?
　　나: 밥 **먹어**.　　　　　　　나: **산책하고 싶어**.

　　가: 어디 **가**?　　　　　　　가: 저 사람은 **누구야**?
　　나: 아르바이트하러 **가**.　　나: 내 **동생이야**.

▶ **종결 어미와 함께 어휘도 바꿔야 할 때가 있습니다.**
除了終結語尾的變化，有時連詞彙也要改變。

예 가: 이 옷이 저한테 맞을까요? → 이 옷이 **나**한테 맞을까?
　　나: 네. 나나 씨한테 맞을 것 같아요. → **응. 너**한테 맞을 것 같아.
　　　　아니요. 좀 클 것 같아요. → **아니**. 좀 클 것 같아.

❷ 반말 2

> 우리 주말에 같이 발표 준비하자.

> 그래. 좋아. 주말에 연락해.

▶ 평서문 과거형의 경우 동사나 형용사 어간에는 '-았어/었어'를 붙이고 명사에는 '이었어/였어'를 붙여 사용합니다.
在陳述句過去式中,動詞或形容詞詞幹後面接「-았어/었어」,名詞後面接「이었어/였어」。

動形	ㅏ, ㅗ	➡	-았어	만나다	**만났어**
	그 외 모음	➡	-었어	맛있다	**맛있었어**
	하다	➡	했어	따뜻하다	**따뜻했어**

名	이었어	학생	**학생이었어**
	였어	친구	**친구였어**

예 가: 주말에 뭐 **했어**?　　　　　　　　가: 한국에 오기 전에 무슨 일을 **했어**?
　　나: 집에서 **쉬었어**.　　　　　　　　나: **대학생이었어**.

▶ 종결 어미 '-(으)ㄹ 거예요'의 반말은 '-(으)ㄹ 거야'입니다.
終結語尾「-(으)ㄹ 거예요」的半語是「-(으)ㄹ 거야」。

動形	-을 거야	먹다	**먹을 거야**
	-ㄹ 거야	예쁘다	**예쁠 거야**

* 'ㄹ' 받침의 동사나 형용사는 'ㄹ'을 탈락시키고 '-ㄹ 거야'를 사용합니다.
帶有終聲「ㄹ」的動詞或形容詞,應將「ㄹ」脫落,使用「-ㄹ 거야」。

예 가: 저녁에 뭐 **먹을 거야**?　　　　　　　　가: 방학에 뭐 **할 거야**?
　　 나: 피자 **먹을 거야**.　　　　　　　　　　나: 여행 **갈 거야**.

　　 가: 넌 얼마 동안 한국에서 **살 거야**?
　　 나: 나는 1년 동안 **살 거야**.

▶ 반말의 명령형은 동사의 어간에 '-아/어'를 붙여 사용합니다.
命令句的半語在動詞詞幹後面接「-아/어」。

動	ㅏ, ㅗ	➡	-아	앉다	**앉아**
	그 외 모음	➡	-어	읽다	**읽어**
	하다	➡	해	공부하다	**공부해**

예 빨리 **와**.
　　 추우니까 그 옷 입고 **나가지 마**.

▶ 반말의 청유형은 동사의 어간에 해라체의 '-자'를 붙여 자주 사용합니다. 청유형 억양을 동반하면 '-아/어'를 사용할 수도 있습니다.
勸誘句的半語，經常在動詞詞幹後面接格式體極下待（해라체）的「-자」。結合勸誘句的語調時，也可以使用「-아/어」。

動	-자	먹다	**먹자**
		가다	**가자**

예 우리 배고프니까 빨리 **먹자**.
　　 날씨가 추우니까 **나가지 말자**.

TIPS
나이가 어리거나 친한 사람에게 질문을 할 때 '-아/어?', '-니/(으)니?', '-느냐/(으)냐?'를 사용합니다.
'-니/(으)니?', '-느냐/(으)냐?'는 나이가 많거나 지위가 높은 사람에게는 사용하지 않습니다.
對年紀較輕或親近的人提問時，使用「-아/어?」、「-니/(으)니?」、「-느냐/(으)냐?」。「-니/(으)니?」、「-느냐/(으)냐?」不可以對年紀較大或位階較高的人使用。

예 유진 언니, 어디 가? (○)
　　 유진 언니, 어디 가니/가느냐? (×)

'-니/(으)니?', '-느냐/(으)냐?'는 요즘 모두 '-니?', '-냐?'로 사용할 때가 많습니다.
「-니/(으)니?」、「-느냐/(으)냐?」最近通常以「-니?」、「-냐?」來使用。

예 오늘 날씨가 좋으니/좋니?
　　 학교가 가까우냐/가깝냐?
　　 어디 가느냐/가냐?

❸ 動-나요?, 形-(으)ㄴ가요?, 名인가요?

언제까지 신청해야 하나요?

등록

금요일까지 하시면 됩니다.

▶ 동사 어간에 '-나요?', 형용사 어간에 '-(으)ㄴ가요?', 명사에 '인가요?'를 붙여 질문을 할 때 사용하며 '-아요/어요?'보다 친근한 느낌을 줍니다.
動詞詞幹接上「-나요?」，形容詞詞幹接上「-(으)ㄴ가요?」，名詞接上「인가요?」，用於提出問題，比起「-아요/어요?」，給人更親近的感覺。

動	-나요?	읽다	**읽나요?**
		가다	**가나요?**

* 'ㄹ' 받침의 동사는 'ㄹ'을 탈락시킵니다.
  帶有終聲「ㄹ」的動詞，應將「ㄹ」脫落。

形	-은가요?	좋다	**좋은가요?**
	-ㄴ가요?	비싸다	**비싼가요?**

* 'ㄹ' 받침의 형용사는 'ㄹ'을 탈락시키고 '-ㄴ가요?'를 사용합니다.
  帶有終聲「ㄹ」的形容詞，應將「ㄹ」脫落，使用「-ㄴ가요?」。

名	인가요?	학생	**학생인가요?**
		친구	**친구인가요?**

예
점심은 어디에서 **먹나요**?
무슨 영화를 **좋아하나요**?
나나 씨 전화번호를 **아나요**?
사무실이 **어디인가요**?

그 옷이 **비싼가요**?
음식이 너무 **매운가요**?
바지가 좀 **긴가요**?

▶ '있다, 없다'는 '-나요?'와 결합합니다.
「있다、없다」和「-나요?」結合使用。

> **예** 토요일 오전에 출발하는 표가 **있나요**?

▶ 과거의 상황에 대해서 질문을 할 때에는 '-았나요/었나요?'를 사용합니다.
針對過去的情況提問時,使用「-았나요/었나요?」。

> **예** 가: 지금 은행이 문을 **열었나요**?
> 나: 조금 후에 열 거예요. 이따가 가 보세요.

❹ 動-(으)려면

학생증을 만들려면 어떻게 해야 돼요?

여권과 사진을 주시면 돼요.

▶ 동사의 어간에 붙여 뒤에 오는 행동의 의도나 목적을 가정할 때 사용합니다.
接在動詞詞幹後面,用於假設後句行為的意圖或目的時。

動	-으려면	먹다	**먹으려면**
	-려면	가다	**가려면**

* 'ㄹ' 받침의 동사는 '-려면'을 사용합니다.
  帶有終聲「ㄹ」的動詞,使用「-려면」。

예) 명동에 **가려면** 4호선을 타세요.
수업에 **늦지 않으려면** 일찍 일어나세요.

가: 통장을 **만들려면** 뭐가 필요해요?
나: 신분증이 필요해요.

TIPS

動-(으)려면	動-(으)면
후행절에 행동의 의도나 목적을 실현하기 위한 조건이 옵니다. 後句伴隨實現行為的意圖或目的的條件。 예) 명동에 가려면 지하철을 타세요.	후행절에 조건 충족의 결과가 옵니다. 後句伴隨條件滿足的結果。 예) 명동에 가면 쇼핑할 거예요.

單元 11

❶ 動-는데, 形-(으)ㄴ데 1

배고픈데 밥 먹으러 갈까?

그래. 좋아.

▶ 동사 어간에 '-는데', 형용사 어간에 '-(으)ㄴ데'가 붙어서 뒤에 오는 내용에 대한 배경이나 상황을 나타냅니다.
動詞詞幹接上「-는데」，形容詞詞幹接上「-(으)ㄴ데」，說明後句內容的背景或情況。

動	-는데	읽다	읽는데
		가다	가는데

* 'ㄹ' 받침의 동사는 'ㄹ'을 탈락시킵니다.
  帶有終聲「ㄹ」的動詞，應將「ㄹ」脫落。

形	-은데	좋다	좋은데
	-ㄴ데	비싸다	비싼데

* 'ㄹ' 받침의 형용사는 'ㄹ'을 탈락시키고 '-ㄴ데'를 사용합니다.
  帶有終聲「ㄹ」的形容詞，應將「ㄹ」脫落，使用「-ㄴ데」。

예 밥을 **먹는데** 전화가 왔어요.
오늘 학교에 **가는데** 친구를 만났어요.
저는 기숙사에 **사는데** 룸메이트가 한국 사람이에요.
이건 제가 좋아하는 **가방인데** 친구가 선물해 준 거예요.

가: 주말에 뭐 했어요?
나: 놀이공원에 **갔는데** 정말 재미있었어요.

▶ 다른 사람에게 무엇을 물어보거나 제안 또는 명령을 하기 전에 그 배경이나 상황 등을 나타냅니다.
用於向其他人詢問或建議、命令前，說明其背景或情況等。

예　산책하러 **가는데** 같이 갈까요?
　　영화관이 여기에서 **먼데** 택시를 탈까요?
　　영화표가 **있는데** 영화 보러 같이 가요.
　　내일이 **시험인데** 공부하세요.

　　가: 배가 좀 **아픈데** 약 있어요?
　　나: 네. 여기 있어요.

❷ 動-(으)ㄹ래요

뭐 먹을래요?

전 순두부찌개 먹을래요.

▶ 동사의 어간에 붙여 어떤 일을 할 생각이 있음을 나타내거나 어떤 일이나 선택에 대해서 다른 사람의 의향을 물을 때 사용합니다.
接在動詞詞幹後面，用於表示有做某件事的想法，或是詢問其他人對某件事、某個選擇的打算。

動	-을래요	먹다	**먹을래요**
	-ㄹ래요	가다	**갈래요**

* 'ㄹ' 받침의 동사는 'ㄹ'을 탈락시키고 '-ㄹ래요'를 사용합니다.
帶有終聲「ㄹ」的動詞，應將「ㄹ」脫落，使用「-ㄹ래요」。

예 저는 비빔밥을 **먹을래요**.
난 이 옷을 **살래**.
나는 숙제 다 하고 나서 **놀래**.

가: 같이 영화 **볼래요**?
나: 아니요. 저는 그냥 집에서 **쉴래요**.

單元 11

❸ 名 중에서

> 한국 음식 중에서 뭘 제일 좋아해요?

> 전 갈비를 제일 좋아해요.

▶ 명사에 붙여 두 개 이상의 사물 가운데서 하나를 골라 말할 때 사용합니다.
接在名詞後面，用於從兩個以上的事物中擇一說明時。

名	중에서	운동	운동 중에서
		영화	영화 중에서

예) 저는 **한국 음식 중에서** 떡볶이가 제일 맛있어요.
우리 반 **친구 중에서** 나나 씨와 이야기를 제일 많이 했어요.

가: 무슨 과일 좋아해요?
나: 저는 **과일 중에서** 사과를 제일 좋아해요.

TIPS
하나의 장소로 인식되는 명사와 결합할 때는 '에서'를 씁니다.
遇到一般認為是單一場所的名詞時，使用「에서」。
예) 우리 반에서 크리스 씨가 제일 키가 커요.
세계에서 러시아가 제일 넓어요.

❹ 動-아다/어다 주다

> 여기 물 좀 갖다주세요.

> 네. 알겠습니다.

▶ 동사의 어간에 붙어서 다른 사람을 위해 어떤 행동을 함을 나타냅니다. 그 행동의 결과물을 가지고 그 사람이 있는 장소로 이동하는 경우에만 사용할 수 있습니다.
接在動詞詞幹後面，表示為某人做某個行為。只能用於行為者帶著該行為的成果，移動至某人所在的場所時。

動	ㅏ, ㅗ	➡	-아다 주다	사다	**사다 주다**
	그 외 모음	➡	-어다 주다	빌리다	**빌려다 주다**
	하다	➡	해다 주다	하다	**해다 주다**

예
친구가 아파서 약을 **사다 줬어요**.
동생에게 도서관에서 책을 **빌려다 줬어요**.
어머니께서 반찬을 **해다 주셨어요**.

가: 유진아, 책상 위에 있는 내 휴대폰 좀 **갖다줘**.
나: 네. 아빠.

▶ '데리다, 모시다'와 함께 쓰면 사람이나 동물을 동반해서 어떤 장소까지 이동함을 나타냅니다.
與「데리다、모시다」一起使用時，表示帶著人或動物移動至某個場所。

예
동생을 유치원에 **데려다줬어요**.
할머니를 병원에 **모셔다드렸어요**.

TIPS
동사 '갖다/가지다', '데리다', '모시다'와 결합한 '갖다주다/가져다주다', '데려다주다', '모셔다드리다'의 경우 한 단어로 사용됩니다. 그래서 띄어쓰기를 하지 않습니다.
與動詞「갖다/가지다」、「데리다」、「모시다」結合而成的「갖다주다/가져다주다」、「데려다주다」、「모셔다드리다」，視為一個單字，因此不分寫。

單元 11　15

單元12

❶ 'ㅎ' 불규칙

> 이 옷 색깔이 정말 예쁘네요.

> 고마워요. 파란 옷이 시원해 보여서 샀어요.

▶ 어간이 'ㅎ' 받침으로 끝나는 형용사들 중 일부는 '으'로 시작하는 어미가 올 경우 어간 끝음절의 받침 'ㅎ'과 어미의 '으'가 탈락합니다. '-아/어'로 시작하는 어미가 올 경우 받침 'ㅎ'이 탈락하고 '-아/어'는 '-애'로, '-야'는 '-얘'로 바뀝니다.

在詞幹以終聲「ㅎ」結尾的形容詞中,部分形容詞遇到以「으」開頭的語尾時,詞幹最後音節的終聲「ㅎ」和語尾的「으」會脫落。遇到以「-아/어」開頭的語尾時,終聲「ㅎ」脫落,「-아/어」變為「-애」,「-야」變為「-얘」。

▶ 'ㅎ' 불규칙 형용사에는 '빨갛다, 노랗다, 파랗다, 까맣다, 하얗다, 이렇다, 저렇다, 그렇다, 어떻다' 등이 있습니다.

「ㅎ」不規則形容詞有「빨갛다、노랗다、파랗다、까맣다、하얗다、이렇다、저렇다、그렇다、어떻다」等。

	-습니다/ㅂ니다	-아요/어요	-았어요/었어요	-(으)ㄴ
빨갛다	빨갛습니다	빨개요	빨갰어요	빨간
노랗다	노랗습니다	노래요	노랬어요	노란
파랗다	파랗습니다	파래요	파랬어요	파란
까맣다	까맣습니다	까매요	까맸어요	까만
하얗다	하얗습니다	하얘요	하얬어요	하얀
이렇다	이렇습니다	이래요	이랬어요	이런
그렇다	그렇습니다	그래요	그랬어요	그런
저렇다	저렇습니다	저래요	저랬어요	저런
어떻다	어떻습니까?	어때요?	어땠어요?	어떤

예 **빨간** 사과와 **노란** 바나나를 그릴 거예요.
오늘은 하늘이 맑고 **파래요**.

가: **어떤** 옷을 찾으세요?
나: **하얀** 셔츠하고 **까만** 바지를 사려고 왔어요.

❷ 動-고 있다

민우 씨가 누구예요?

하얀 티셔츠하고 청바지를 입고 있는 사람이에요.

▶ 착용 동사의 어간에 붙어서 그러한 동작이 진행되거나 동작이 끝난 뒤 그 동작의 결과가 현재까지 계속되고 있는 상태임을 나타냅니다.
接在穿戴動詞詞幹後面，表示穿戴動作的進行，或者表示動作結束後，該動作的結果延續至目前的狀態。

▶ 착용 동사로는 '입다, 신다, 쓰다, 끼다, 메다, 하다, 벗다' 등이 있습니다.
穿戴動詞有「입다、신다、쓰다、끼다、메다、하다、벗다」等。

動	-고 있다	입다	입고 있다
		쓰다	쓰고 있다

예 양말을 **신고 있어서** 발이 따뜻해요.
　　저는 지금 모자를 **쓰고 있어요**.

　　가: 테오 씨의 여자 친구가 누구인지 아세요?
　　나: 네. 저기 빨간 원피스를 **입고 있는** 사람이에요.

▶ '입다, 신다' 등의 착용 동사가 '가다, 오다, 다니다, 들어가다, 자다, 일하다' 등의 동사와 함께 쓰일 때에는 연결 어미 '-고'를 써서 '입고 가다, 신고 다니다'가 됩니다.
「입다、신다」等穿戴動詞，與「가다、오다、다니다、들어가다、자다、일하다」等動詞一起使用時，加入連接語尾「-고」，變成「입고 가다、신고 다니다」。

예 회사에 양복을 **입고 다녀요**.
　　수영장에 수영 모자를 **쓰고 들어가야 합니다**.

TIPS　두 개 이상의 복장에 대해서 함께 묘사할 때는 '에'를 사용하여 아래와 같이 표현할 수 있습니다.
描述兩個以上的服裝時，可以使用「에」來表達，如下所示。

예 빨간색 티셔츠에 청바지를 입고 있어요.
　　까만 양복에 노란 넥타이를 하고 있어요.

❸ 名처럼/같이

엥흐 씨는 성격이 참 좋아요.

맞아요. 마음이 바다처럼 넓은 것 같아요.

▶ 명사에 붙어서 어떤 모양이나 행동이 앞의 명사와 비슷하거나 동일함을 나타냅니다.
接在名詞後面，表示某種形象或行為與前面的名詞相似或相同。

名	처럼/같이	꽃	**꽃처럼**
		바다	**바다처럼**

예) 제니 씨는 **인형처럼** 귀여워요.
우리 어머니는 **바다같이** 마음이 넓어요.

가: 오늘 날씨가 정말 덥지요?
나: 네. 아직 3월인데 **여름처럼** 덥네요.

TIPS

名처럼	名같이
'처럼'은 명사를 수식하거나 문장 끝에 사용할 수 없습니다. 「처럼」不可以用於修飾名詞或句子結尾。 예) 제 동생은 인형처럼 귀여워요. (O) 제 동생은 인형처럼 아이예요. (×) 제 동생은 인형처럼이에요. (×)	'같이'는 명사를 수식할 때는 '같은'으로, 문장 끝에서는 '같다'로 말할 수 있습니다. 「같이」修飾名詞時，可以使用「같은」；用於句子結尾時，可以使用「같다」。 예) 제 동생은 인형같이 귀여워요. (O) 제 동생은 인형 같은 아이예요. (O) 제 동생은 인형 같아요. (O)

❹ 動形 -았으면/었으면 좋겠다

> 다니엘 씨는 참 활발해요.
>
> 네. 저도 다니엘 씨처럼 친구가 많았으면 좋겠어요.

▶ 동사나 형용사의 어간에 붙어서 아직 이루어지지 않은 상황에 대한 희망이나 바람을 나타냅니다.
接在動詞或形容詞詞幹後，表示對尚未達成的狀態懷有期望或期待。

動形	ㅏ, ㅗ	➡	-았으면 좋겠다	만나다	**만났으면 좋겠다**
	그 외 모음	➡	-었으면 좋겠다	맛있다	**맛있었으면 좋겠다**
	하다	➡	했으면 좋겠다	깨끗하다	**깨끗했으면 좋겠다**

예 주말에 놀이공원에 **갔으면 좋겠어요**.
돌아가신 할머니를 다시 **만날 수 있었으면 좋겠어요**.

가: 소원이 있어요?
나: 빨리 한국어를 **잘했으면 좋겠어요**.

TIPS

'-았으면/었으면 좋겠다'는 '-(으)면 좋겠다'로 바꿔서 사용할 수 있습니다. 바라는 일이 이루어지기 힘든 경우 '-았으면/었으면 좋겠다'를 써서 바라는 일을 강조하는 경향이 있습니다.
「-았으면/었으면 좋겠다」可以改用「-(으)면 좋겠다」。期待的事情難以實現時，大多會用「-았으면/었으면 좋겠다」來強調期待的事情。

예 한국에서 취직하면 좋겠어요.
한국에서 취직했으면 좋겠어요.

單元 13

❶ 名 때문에

무슨 일 있어요?

면접 때문에 긴장돼요.

▶ 명사에 붙어서 어떤 일의 이유나 원인을 나타냅니다.
接在名詞後面，表示某件事的理由或原因。

名	때문에	돈	돈 때문에
		날씨	날씨 때문에

예 **눈 때문에** 길이 많이 막혀요.

가: 파티에 올 수 있어요?
나: 미안해요. **아르바이트 때문에** 못 가요.

▶ '-(으)세요', '-(으)ㅂ시다', '-(으)ㄹ까요?'와 함께 사용하지 않습니다.
不可以和「-(으)세요」、「-(으)ㅂ시다」、「-(으)ㄹ까요?」一起使用。

예 시험 때문에 다음에 만나세요.　　(×)
　 시험 때문에 다음에 만납시다.　　(×)
　 시험 때문에 다음에 만날까요?　　(×)

TIPS

名 때문에	名 (이)라서
예 숙제를 했어요. 그래서 못 잤어요. → 숙제 때문에 못 잤어요.　(○) → 숙제라서 못 잤어요.　　(×)	예 오늘은 나나 씨 생일이에요. 그래서 케이크를 샀어요. → 오늘은 나나 씨 생일이라서 케이크를 샀어요.　(○) → 오늘은 나나 씨 생일 때문에 케이크를 샀어요.　(×)

❷ 動形 -겠-

> 주말에 놀이공원에 가기로 했어요.

> 와, 좋겠어요.

▶ 동사나 형용사 어간에 붙어서 말하는 당시의 상황이나 상태를 보고 추측할 때 사용합니다.
接在動詞或形容詞詞幹後面，用於根據說話當時的情況或狀態來推測時。

動形	-겠-	늦다	**늦겠다**
		비싸다	**비싸겠다**

예 길이 막히네요. 수업 시간에 **늦겠어요.**
　　 날씨가 흐리네요. 비가 **오겠어요.**

　　 가: 주말에 부산에 가기로 했어요.
　　 나: **재미있겠어요.**

▶ 과거의 일이나 동작이 완료된 것을 추측할 때는 '-았겠어요/었겠어요'를 사용합니다.
推測過去的事情或動作已經完成的事情時，使用「-았겠어요/었겠어요」。

예 가: 부모님이 왔다 가셨어요.
　　 나: 정말 **반가웠겠어요.**

❸ 動形-(으)ㄹ 때

언제 제일 화가 나요?

친구가 거짓말할 때 제일 화가 나요.

▶ 동사나 형용사 어간에 붙여서 어떤 일이 일어나거나 진행되는 시점을 나타냅니다.
接在動詞或形容詞詞幹後面，表示某件事發生或進行的時間點。

動形	-을 때	읽다	읽을 때
	-ㄹ 때	나쁘다	나쁠 때

* 'ㄹ' 받침의 동사나 형용사는 'ㄹ'을 탈락시키고 '-ㄹ 때'를 사용합니다.
  帶有終聲「ㄹ」的動詞或形容詞，應將「ㄹ」脫落，使用「-ㄹ 때」。

예) 맛있는 음식을 **먹을 때** 기분이 좋아요.
공부할 때 조용한 음악을 들어요.
더울 때 팥빙수를 먹으면 정말 시원하고 맛있어요.
친구들과 이야기하면서 **놀 때** 즐거워요.

▶ 과거에 어떤 일이 일어난 시점을 나타낼 때에는 '-았을/었을 때'를 사용합니다.
表示某件事發生的時間點在過去時，使用「-았을/었을 때」。

예) 노래가 **끝났을 때** 사람들이 일어서서 박수를 쳤어요.

가: 언제부터 그 가수를 좋아했어요?
나: 그 가수 노래를 처음 **들었을 때**부터 좋아했어요.

▶ 일정한 시기 동안을 나타낼 때는 '-(으)ㄹ 때'와 '-았을/었을 때'를 모두 쓸 수 있습니다.
表示動作維持一定的時間時,「-(으)ㄹ 때」或「-았을/었을 때」兩者皆可以使用。

예 저는 **어릴 때** 수영을 배웠어요. 한국에 **살 때** 정말 재미있었어요.
저는 **어렸을 때** 수영을 배웠어요. 한국에 **살았을 때** 정말 재미있었어요.

❹ 形-아지다/어지다

> 한국 생활이 어때요?

> 친구가 생겨서 재미있어졌어요.

▶ 형용사 어간에 붙어서 사람이나 물건의 상태가 바뀌는 것을 나타냅니다.
接在形容詞詞幹後面，表示人或物品的狀態改變。

形	ㅏ, ㅗ	➡	-아지다	많다	**많아지다**
	그 외 모음	➡	-어지다	길다	**길어지다**
	하다	➡	해지다	따뜻하다	**따뜻해지다**

예 커피값이 작년보다 **비싸졌어요**.
　　청소를 하면 집이 **깨끗해질 거예요**.
　　요즘 날씨가 **더워졌어요**.

　　가: 이 식당 음식 맛이 **달라진 것 같아요**.
　　나: 네. 요리사가 새로 왔어요.

單元 14

❶ 動-(으)ㄴ 덕분에

> 졸업 축하해요.

> 선생님이 잘 가르쳐 주신 덕분에 졸업할 수 있었어요. 감사합니다.

▶ 동사 어간에 '-(으)ㄴ 덕분에'를 붙여 어떤 사람의 은혜나 도움에 대한 고마움을 나타내거나 어떤 일이 발생해서 이익이 생겼음을 표현할 때 사용합니다.
動詞詞幹接上「-(으)ㄴ 덕분에」，用於表示對某人的恩惠或幫助的感謝，或是某件事情發生而帶來利益時。

動	-은 덕분에	먹다	먹은 덕분에
	-ㄴ 덕분에	가다	간 덕분에

* 'ㄹ' 받침의 동사는 'ㄹ'을 탈락시키고 '-ㄴ 덕분에'를 사용합니다.
帶有終聲「ㄹ」的動詞，應將「ㄹ」脫落，使用「-ㄴ 덕분에」。

예 다니엘은 책을 많이 **읽은 덕분에** 아는 것이 많아요.
선생님이 **가르쳐 주신 덕분에** 한국어를 잘 배웠습니다.
친구들과 **논 덕분에** 스트레스가 풀렸습니다.

가: 마리 씨, 오늘 발표 정말 재미있었어요.
나: 에릭 씨가 **도와준 덕분에** 잘할 수 있었어요. 고마워요, 에릭 씨.

▶ 명사에는 '덕분에'를 붙여서 사용합니다.
名詞後面接上「덕분에」。

예 **친구들 덕분에** 좋은 집을 찾았습니다.

가: 취직 축하해.
나: **언니 덕분에** 취직할 수 있었어. 고마워.

❷ 動 -게 되다

유진 씨를 고향에서도 알았어요?

아니요. 한국에 와서 알게 됐어요.

▶ 동사 어간에 붙어서 주어의 의지와 상관없이 어떤 상황이나 상태로 변화되었음을 나타냅니다.
接在動詞詞幹後面，表示轉變為某種情況或狀態，而與主語的意圖無關。

| 動 | -게 되다 | 먹다 | 먹게 되다 |
| | | 가다 | 가게 되다 |

예 한국에 와서 매운 음식을 **잘 먹게 됐어요**.
열심히 공부해서 장학금을 **받게 됐어요**.
건강 때문에 운동을 **시작하게 됐습니다**.

가: 왜 이사를 가요?
나: 직장 때문에 부산에서 **살게 됐어요**.

❸ 形-게

> 오늘 왜 학교에 늦게 왔어요?

> 사거리에 사고가 나서 길이 많이 막혔어요.

▶ 형용사 어간에 붙어서 뒤에 나오는 행위나 상태의 방식, 정도 등을 나타냅니다.
接在形容詞詞幹後面，用於表示後句行為或狀態的方式、程度等。

形	-게	작다	**작게**
		크다	**크게**

예 머리를 좀 **짧게** 잘라 주세요.
　　나나 씨는 정말 **예쁘게** 웃어요.

　　가: 어제 영화 잘 봤어요?
　　나: 네. 정말 **재미있게** 봤어요.

❹ 動-(으)ㄴ 적이 있다/없다

> 휴대폰을 잃어버린 적이 있어요?

> 네. 버스에 놓고 내린 적이 있어요.

▶ 동사 어간에 붙어서 과거에 경험했거나 하지 않았음을 나타냅니다.
接在動詞詞幹後面，表示過去經歷過或未經歷過。

動	-은 적이 있다/없다	먹다	**먹은 적이 있다**
	-ㄴ 적이 있다/없다	가다	**간 적이 있다**

* 'ㄹ' 받침의 동사는 'ㄹ'을 탈락시키고 '-ㄴ 적이 있다/없다'를 사용합니다.
帶有終聲「ㄹ」的動詞，應將「ㄹ」脫落，使用「-ㄴ 적이 있다/없다」。

예 이 책을 **읽은 적이 없어요**.
저는 그 사람을 **만난 적이 있습니다**.
저는 한국 음식을 **만든 적이 있습니다**.

가: 이 병원에 **온 적 있어**?
나: 응. 전에 다리를 다쳐서 **입원한 적 있어**.

▶ 시도를 나타내는 '-아/어 보다'와 결합하여 '-아/어 본 적이 있다/없다'의 형태로도 쓰입니다.
與表示嘗試的「-아/어 보다」結合，也可以寫為「-아/어 본 적이 있다/없다」。

예 김치를 고향에서 **먹어 본 적이 있어요**.
한복을 **입어 본 적이 없어요**.

單元 15

❶ 動-기 形

> 집이 좋네요.

> 네. 시설이 좋아서 살기 편해요.

▶ 동사 어간에 붙여 그 행위가 어떠한지 평가하거나 판단할 때 사용합니다.
接在動詞詞幹後面,用於評價或判斷某個行為。

動	-기	살다	**살기**
		다니다	**다니기**

▶ 뒤에는 형용사 '쉽다, 어렵다, 힘들다, 편하다, 불편하다, 좋다, 나쁘다' 등을 자주 사용합니다.
後面經常使用「쉽다、어렵다、힘들다、편하다、불편하다、좋다、나쁘다」等形容詞。

예 이 구두는 굽이 높아서 **걷기 불편해요**.
이 집은 지하철역이 가까워서 회사에 **다니기 편합니다**.

가: 마리 씨, 한국어 배우는 게 어때요?
나: 일본어와 비슷해서 **배우기 쉬워요**.

❷ 名밖에

> 안나 씨 집은 지하철역에서 가까워요?

> 네. 걸어서 3분밖에 안 걸려요.

▶ 명사에 붙어서 다른 가능성이나 선택의 여지가 없음을 나타냅니다.
接在名詞後面，表示沒有其他的可能性或選擇的餘地。

| 名 | 밖에 | 물 | 물밖에 |
| | | 우유 | 우유밖에 |

예) 시험 시간이 **5분밖에** 안 남았습니다.
아직 **화장실밖에** 청소 못 했어요.

가: 아야나 씨, 지금 교실에 누가 있어요?
나: **저밖에** 없어요.

▶ 반드시 뒤에 '안, 못, 없다, 모르다' 등의 부정 표현이 와야 합니다.
後面必須接上「안、못、없다、모르다」等否定表現。

TIPS

名만	名밖에
'만'은 긍정문과 부정문에 모두 사용할 수 있습니다. 「만」可以用於肯定句和否定句。 예) 냉장고에 물만 있어요. (O) 　　냉장고에 물만 없어요. (O)	'밖에'는 긍정문과 함께 사용할 수 없습니다. 「밖에」不可以用於肯定句。 예) 냉장고에 물밖에 없어요. (O) 　　냉장고에 물밖에 있어요. (×)

❸ 動-아/어 있다

> 시계가 어디에 있어요?
>
> 벽에 걸려 있어요.

▶ 동사 어간에 붙어서 어떤 행위가 끝난 후 그 상태나 결과가 지속됨을 나타냅니다.
接在動詞詞幹後面，表示某個行為結束後，該行為的狀態或結果繼續維持。

動	ㅏ, ㅗ	➡	-아 있다	앉다	**앉아 있다**
	그 외 모음	➡	-어 있다	서다	**서 있다**
	하다	➡	해 있다	입원하다	**입원해 있다**

예) 아침에 나무 아래에 **앉아 있으면** 기분이 좋아요.
계속 **서 있어서** 다리가 아파요.

가: 휴대폰이 어디에 있어요?
나: 책상 위에 **놓여 있어요**.

▶ '서다, 앉다, 눕다, 붙다, 놓이다, 닫히다, 열리다, 걸리다, 달리다' 등 목적어가 필요 없는 동사에만 쓸 수 있습니다.
只可以用於「서다、앉다、눕다、붙다、놓이다、닫히다、열리다、걸리다、달리다」等不需要受詞的動詞。

▶ '입다, 쓰다, 신다, 끼다, 벗다' 등의 착용 동사는 '-아/어 있다'가 아닌 '-고 있다'와 함께 쓰여 상태의 지속을 나타냅니다.
「입다、쓰다、신다、끼다、벗다」等穿戴動詞，不用「-아/어 있다」，而是與「-고 있다」一起使用，表示狀態的維持。

예) 나나 씨는 청바지를 입고 있어요. (○)
나나 씨는 청바지를 입어 있어요. (×)

▶ 주어를 높여야 할 때는 '-아/어 계시다'를 사용합니다.
需要尊稱主語時，使用「-아/어 계시다」。

예) 할아버지는 지금 소파에 **앉아 계세요**.
김 선생님은 병원에 **입원해 계십니다**.

❹ 動形-기 때문에, 名(이)기 때문에

> 이 집은 햇빛이 잘 들어오기 때문에 밝아서 좋습니다.

> 정말 좋네요.

▶ 동사나 형용사의 어간에 '-기 때문에', 명사에 '(이)기 때문에'가 붙어서 어떤 일의 이유나 원인을 나타냅니다.
動詞或形容詞詞幹接上「-기 때문에」，名詞接上「(이)기 때문에」，表示某件事的理由或原因。

動形	-기 때문에	먹다	**먹기 때문에**
		크다	**크기 때문에**

名	이기 때문에	학생	**학생이기 때문에**
	기 때문에	아이	**아이기 때문에**

예 기숙사에 **살기 때문에** 학교에 가기 편합니다.
　　　비가 많이 **오기 때문에** 지하철을 타고 가려고 합니다.
　　　이 집은 전망이 **좋기 때문에** 월세가 비쌉니다.
　　　저는 **외국인이기 때문에** 한국말을 못합니다.
　　　어제 많이 **아팠기 때문에** 학교에 못 왔습니다.

▶ 명령문이나 청유문에는 쓸 수 없습니다.
不可以用於命令句或勸誘句中。

예 배고프기 때문에 많이 드세요. (×)
　　　날씨가 좋기 때문에 같이 산책합시다. (×)
　　　공부하기 때문에 조용히 해 주십시오. (×)

單元 16

❶ 動-는데, 形-(으)ㄴ데 2

> 한국과 고향의 예절은 뭐가 달라요?

> 한국에서는 밥을 숟가락으로 먹는데 우리 나라에서는 젓가락으로 먹어요.

▶ 동사 어간에 '-는데', 형용사 어간에 '-(으)ㄴ데'가 붙어서 앞에 나온 사실과 반대되는 결과나 상황을 나타내거나 대조되는 두 가지 사실을 말할 때 사용합니다.
動詞詞幹接上「-는데」，形容詞詞幹接上「-(으)ㄴ데」，用於表示與前句事實相反的結果或情況，或者用於陳述互為對照的兩個事實。

動	-는데	먹다	**먹는데**
		가다	**가는데**

* 'ㄹ' 받침의 동사는 'ㄹ'을 탈락시킵니다.
  帶有終聲「ㄹ」的動詞，應將「ㄹ」脫落。

形	-은데	작다	**작은데**
	-ㄴ데	크다	**큰데**

* 'ㄹ' 받침의 형용사는 'ㄹ'을 탈락시키고 '-ㄴ데'를 사용합니다.
  帶有終聲「ㄹ」的形容詞，應將「ㄹ」脫落，使用「-ㄴ데」。

예
저는 김치는 **먹는데** 김치찌개는 안 먹어요.
저 사람의 얼굴은 **아는데** 이름은 몰라요.
동생은 키가 **큰데** 저는 키가 작아요.
외국 사람인데 한국어를 잘해요.
공부를 열심히 **했는데** 시험을 잘 못 봤어요.

가: 새로 이사한 집이 어때요?
나: 학교에서 좀 **먼데** 월세가 싸서 좋아요.

▶ 대조의 의미를 나타낼 때에는 대조의 의미를 강조하기 위해 주어에 조사 '은/는'을 사용하는 경우가 많습니다.
表示互為對照的意義時，為強調對照的意義，大多在主語後使用助詞「은/는」。

예 어제는 **더웠는데** 오늘은 시원해요.

❷ 動-아도/어도 되다

> 말을 놓아도 돼요?

> 네. 선배님.
> 말씀 편하게 하세요.

▶ 동사 어간에 붙어서 어떤 행동에 대한 허락이나 허용을 나타냅니다.
接在動詞詞幹後面，表示對某個行為的允許或許可。

動	ㅏ, ㅗ	➡	-아도 되다	가다	**가도 되다**
	그 외 모음	➡	-어도 되다	먹다	**먹어도 되다**
	하다	➡	해도 되다	전화하다	**전화해도 되다**

예 지금 **들어가도 돼요**?
이 컴퓨터를 **사용해도 되나요**?

가: 사진을 **찍어도 됩니까**?
나: 네. **찍어도 됩니다**.

❸ 動-는 중이다, 名 중이다

> 손님, 공연 중이라서 들어가실 수 없습니다.
>
> 네. 알겠습니다. 죄송합니다.

공연장

▶ 동사 어간에 '-는 중이다', 명사에 '중이다'가 붙어서 어떤 일이 진행되고 있음을 나타냅니다.
動詞詞幹接上「-는 중이다」，名詞接上「중이다」，表示某件事正在進行。

動	-는 중이다	먹다	먹는 중이다
		가다	가는 중이다

* 'ㄹ' 받침의 동사는 'ㄹ'을 탈락시킵니다.
  帶有終聲「ㄹ」的動詞，應將「ㄹ」脫落。

예 **회의하는 중이니까** 이따가 전화할게요.
지금 김밥을 **만드는 중입니다**.

가: 아까 왜 전화 안 받았어요?
나: 미안해요. **운전하는 중이었어요**.

가: 지금 뭐 해요?
나: 책을 **읽는 중이에요**.

名	중이다	수업	수업 중이다
		공사	공사 중이다

예 **휴가 중이라서** 회사에 없습니다.　　　　**운전 중에는** 전화를 하지 마세요.

TIPS

動-는 중이다	動-고 있다
현재 진행되고 있는 동작을 나타냅니다. 表示目前正在進行的動作。 예 지금 밥을 먹는 중이에요. (○)	현재 진행되고 있는 동작을 나타냅니다. 表示目前正在進行的動作。 예 지금 밥을 먹고 있어요. (○)
동작성이 없는 동사에 사용할 수 없습니다. 不可以用於非動態動詞。 예 지금 서울에 사는 중이에요. (✕)	동작성이 없는 동사가 와도 사용할 수 있습니다. 可以用於非動態動詞。 예 지금 서울에 살고 있어요. (○)

❹ 動-(으)면 안 되다

사진을 찍어도 돼요?

여기에서는 사진을 찍으면 안 됩니다.

▶ 동사 어간에 붙어서 어떤 행동에 대해서 허락이나 허용하지 않음을 나타냅니다.
接在動詞詞幹後面，表示不允許或不許可某個行為。

動	-으면 안 되다	먹다	**먹으면 안 되다**
	-면 안 되다	가다	**가면 안 되다**

* 'ㄹ' 받침의 동사는 '-면 안 되다'를 사용합니다.
　帶有終聲「ㄹ」的動詞，使用「-면 안 되다」。

예) 여기에서 음식을 **먹으면 안 돼요**.
　　수업 중에는 휴대폰을 **사용하면 안 돼요**.
　　밤에는 큰 소리로 음악을 **들으면 안 돼요**.
　　여기에서 음식을 **팔면 안 됩니다**.

　　가: 커피를 가지고 들어가도 돼요?
　　나: 여기는 음식을 가지고 **들어가시면 안 됩니다**.

▶ '-지 않으면 안 되다'는 '-아야/어야 되다'와 비슷하지만 더 강한 뜻을 나타냅니다.
「-지 않으면 안 되다」雖然與「-아야/어야 되다」相似，不過帶有更強烈的意思。

예) 이 약을 먹지 않으면 안 됩니다. = 이 약을 꼭 먹어야 됩니다.

單元 17

❶ 動-기 위해(서)

> 왜 이렇게 일찍 오셨습니까?

> 좋은 자리에 앉기 위해서 일찍 왔습니다.

▶ 동사 어간에 붙어서 뒤에 오는 행동의 의도나 목적을 나타냅니다. 주로 격식적인 상황에서 사용합니다.
接在動詞詞幹後面，表示後句行為的意圖或目的。主要用於正式的場合。

動	-기 위해(서)	먹다	먹기 위해(서)
		보다	보기 위해(서)

예 비자를 **받기 위해서** 대사관에 가야 합니다.
취직을 **하기 위해** 한국어를 공부합니다.
행복하게 **살기 위해서** 열심히 노력합시다.

가: 왜 이렇게 아르바이트를 많이 해?
나: 세계 여행을 **가기 위해서** 돈을 모으고 있어.

▶ 명사에는 '을/를 위해(서)'를 붙여 사용합니다.
名詞後面接上「을/를 위해(서)」。

예 **건강을 위해서** 일찍 자야 됩니다.
친구를 위해서 케이크를 만들었어요.

❷ 動-아/어 놓다

다음 주에 같이 연극을 볼까요?

네. 그럼 제가 표를 예매해 놓을게요.

▶ 동사 어간에 붙어서 어떤 일을 끝내고 그 상태를 유지함을 나타냅니다.
接在動詞詞幹後面，表示結束某件事後維持該狀態。

動	ㅏ, ㅗ	➡	-아 놓다	사다	**사 놓다**
	그 외 모음	➡	-어 놓다	만들다	**만들어 놓다**
	하다	➡	해 놓다	하다	**해 놓다**

예 내일 먹으려고 빵을 **사 놓았어요**.
저녁에 친구와 약속이 있어서 오후에 숙제를 **해 놓았어요**.

가: 아야나 씨, 오늘 수업도 있었는데 언제 이렇게 많은 음식을 만들었어요?
나: 어제저녁에 **만들어 놓았어요**.

TIPS
'-아/어 두다'로 바꿔 쓸 수 있습니다.
可以替換為「-아/어 두다」。
예 크리스마스에 고향에 가려고 비행기표를 사 두었어요.
제가 식당을 예약해 둘게요.

❸ 動-는다/ㄴ다, 形-다, 名(이)다

> 내일부터 설 연휴가 시작된다.
> 설날은 한국의 큰 명절이다.

▶ 동사 어간에 '-는다/ㄴ다', 형용사 어간에 '-다', 명사에 '(이)다'를 붙여 사실이나 상태를 서술할 때 사용합니다.
動詞詞幹接上「-는다/ㄴ다」，形容詞詞幹接上「-다」，名詞接上「(이)다」，用於陳述事實或狀態。

▶ 신문과 같은 일반적인 글에서 높임의 구분이 없이 사용합니다.
在報紙等一般文章中也使用，不必考慮尊稱與否。

動	-는다	먹다	**먹는다**
	-ㄴ다	가다	**간다**

* 'ㄹ' 받침의 동사는 'ㄹ'을 탈락시키고 '-ㄴ다'를 사용합니다.
  帶有終聲「ㄹ」的動詞，應將「ㄹ」脫落，使用「-ㄴ다」。

形	-다	작다	**작다**
		크다	**크다**

名	이다	학생	**학생이다**
	다	친구	**친구다**

예 한국 사람들은 설에 떡국을 **먹는다**.
이사한 집이 좋지만 학교에서 너무 **멀다**.
지난겨울에 눈이 많이 **왔다**.
내년에 대학교를 졸업하면 고향으로 **돌아갈 것이다**.

나는 한국에서 혼자 **산다**.
마리는 **일본 사람이다**.

單元18

❶ 動形 -기는 하지만

> 고향에 돌아가게 돼서 기쁘지요?

> 기쁘기는 하지만 한국을 떠나는 것이 아쉬워요.

▶ 동사나 형용사 어간에 붙여 앞의 사실을 인정하면서 그에 반대되는 말을 이어 말할 때 사용합니다.
接在動詞或形容詞詞幹後面，用於認同前句事實的同時，說出與之相反的情況。

動形	-기는 하지만	먹다	먹기는 하지만
		크다	크기는 하지만

예 김치를 **먹기는 하지만** 좋아하지는 않아요.
　　이 집은 월세가 **비싸기는 하지만** 교통이 편리해요.

　　가: 한국 음식이 어때요?
　　나: **맵기는 하지만** 맛있어요.

▶ 과거는 '-기는 했지만', 미래나 추측은 '-기는 하겠지만'을 사용합니다.
過去式用「-기는 했지만」，未來式或推測時用「-기는 하겠지만」。

예 한국어를 **배우기는 했지만** 잘 못해요.
　　내일은 눈이 **오기는 하겠지만** 오늘보다 따뜻할 것 같습니다.

▶ 비격식적인 상황에서 '-기는'은 '-긴'으로 줄여서 사용합니다.
在非正式的場合中，「-기는」可以省略為「-긴」。

예 한국어가 **어렵기는 하지만** 재미있어요. = 한국어가 **어렵긴 하지만** 재미있어요.

❷ 動形-(으)ㄹ지 모르겠다

고향에 가면 뭐 할 거예요?

글쎄요. 아직 뭐 해야 할지 모르겠어요.

▶ 동사나 형용사 어간에 붙어서 걱정이나 막연한 의문을 나타냅니다.
接在動詞或形容詞詞幹後面，表示擔憂或沒有答案的疑問。

動形	-을지 모르겠다	먹다	먹을지 모르겠다
	-ㄹ지 모르겠다	싸다	쌀지 모르겠다

* 'ㄹ' 받침의 동사나 형용사는 'ㄹ'을 탈락시키고 '-ㄹ지 모르겠다'를 사용합니다.
  帶有終聲「ㄹ」的動詞或形容詞，應將「ㄹ」脫落，使用「-ㄹ지 모르겠다」。

예) 내일 파티에 가는데 뭘 **입을지 모르겠어요**.
안나 씨가 이 선물을 **좋아할지 모르겠어요**.
엥흐 씨가 언제 **올 수 있을지 모르겠어요**.
편의점에서 교통 카드를 **팔지 모르겠어요**.

가: 산에 가고 싶은데 내일 날씨가 좋을까요?
나: 글쎄요. 날씨가 **좋을지 모르겠어요**.

❸ 動-(으)ㄴ 지

> 한국어를 공부한 지 얼마나 됐어요?

> 저는 한국어를 공부한 지 6개월 됐어요.

▶ 동사 어간에 붙어서 어떤 일을 한 후 시간이 얼마나 지났는지를 나타냅니다.
接在動詞詞幹後面，表示做了某件事後過了多長時間。

動	-은 지	먹다	먹은 지
	-ㄴ 지	오다	온 지

* 'ㄹ' 받침의 동사는 'ㄹ'을 탈락시키고 '-ㄴ 지'를 사용합니다.
帶有終聲「ㄹ」的動詞，應將「ㄹ」脫落，使用「-ㄴ 지」。

예 약을 **먹은 지** 30분 정도 됐어요.
저는 한국에 **온 지** 일 년이 되었습니다.

가: 서울에서 **산 지** 얼마나 됐어요?
나: 너무 오래돼서 잘 기억이 안 나요. 아마 15년쯤 된 것 같아요.

▶ 어떤 일을 하지 않은 시간의 경과를 나타낼 경우 다음의 두 가지로 표현할 수 있습니다.
如果要表示一段時間沒有做某件事，可以用以下兩種方式表達。

예 청소를 **한 지** 일주일 됐어요. = 청소를 **안 한 지** 일주일 됐어요.

❹ 名(이)나 2

언제부터 한국에 살았어요?

작년 1월부터요.
한국에 산 지 벌써 1년이나 됐어요.

▶ 수량을 나타내는 명사에 붙어서 수량이 예상되는 정도를 넘었거나 꽤 많음을 나타냅니다.
接在指稱數量的名詞後面，表示數量超出了預期或是相當多。

名	이나	열 명	**열 명이나**
	나	열 개	**열 개나**

예 저는 그 영화를 좋아해서 벌써 **열 번이나** 봤어요.
이 집은 화장실이 **세 개나** 있어요.

가: 생일 파티에 사람이 많이 왔어요?
나: 네. **스무 명이나** 왔어요.